FEMMES SANS MERCI
suivi de
SANS PASSER PAR LA CASE DÉPART

Femmes sans merci

Titre original :
Donne che non perdonano
Éditeur original :
Einaudi, Turin

Sans passer par la case départ

Titre original :
Gå i fängelse
Éditeur original :
Forum, Stockholm

ISBN 978-2-330-18384-4

CAMILLA LÄCKBERG

FEMMES SANS MERCI

suivi de

SANS PASSER PAR LA CASE DÉPART

novellas traduites du suédois
par Rémi Cassaigne et Susanne Juul

BABEL NOIR

FEMMES SANS MERCI

PREMIÈRE PARTIE

1

INGRID STEEN

Ingrid Steen cacha l'objet qu'elle tenait dans sa main quand son mari Tommy entra dans le séjour, et le glissa entre deux coussins du canapé.

Il passa devant elle.

Un rapide sourire mécanique, avant de continuer vers la cuisine. Elle l'entendit ouvrir le réfrigérateur et farfouiller dedans en chantonnant *The River* de Bruce Springsteen.

Ingrid laissa l'objet là où il était et se leva. Elle se posta devant la fenêtre. Les réverbères luttaient contre les ténèbres nordiques. Les buissons et les arbres étaient nus et tordus. Dans la maison en face tremblotait la lueur d'un téléviseur.

Tommy se racla la gorge derrière elle. Ingrid se retourna.

"Comment a été ta journée ?"

Elle l'observa sans répondre. Il tenait dans une main une boulette de viande froide à moitié mangée. Dans l'autre un verre de lait. Il était dégarni, l'avait toujours été, mais à trente ans, il avait eu le bon goût de se raser complètement le crâne. Le bas de sa chemise était froissé après être resté fourré dans le pantalon depuis le matin.

"Bien."

Tommy sourit.

"OK."

Elle regarda son dos s'éloigner. *Tommy*, un nom d'ouvrier. *Bruce Springsteen*, un héros de la classe ouvrière. Pourtant, dès qu'il était devenu rédacteur en chef du plus important tabloïd suédois, ils s'étaient installés à Bromma – zone résidentielle de la classe moyenne supérieure en général et de l'élite médiatique en particulier.

Le tapotement des doigts sur le clavier reprit dans le bureau. Ingrid regagna le canapé, chercha à tâtons entre les coussins. Tomba sur un ancien jouet de sa fille Lovisa. Le saisit. Regarda le petit dinosaure vert aux yeux fixes surdimensionnés et le posa sur la table basse. Se pencha à nouveau sur le canapé, trouva le petit appareil et l'emporta dans l'entrée.

Le bruit des doigts qui écrivaient, donnaient des ordres, modifiaient des titres, augmenta d'intensité. Elle décrocha le manteau de Tommy de son cintre. Dans la poche arrière de son jean, le nécessaire à couture rectangulaire appuyait sur sa fesse droite. Elle s'engouffra dans les toilettes du premier étage. Après avoir posé la trousse sur le bord du lavabo, elle verrouilla la porte et rabattit le couvercle de la cuvette. À la hâte, elle décousit un peu la doublure, y glissa le petit appareil et vérifia qu'il fonctionnait. Du bout de l'index, elle l'enclencha, poussa l'objet au fond de la poche ainsi créée avant de recoudre le tissu brillant par quelques points.

2

VICTORIA BRUNBERG

Voilà trois ans, Victoria s'appelait Volkova, habitait la grande ville russe d'Iekaterinbourg et avait de vagues souvenirs scolaires de ce qu'était la Suède. Aujourd'hui, elle s'appelait Victoria Brunberg et vivait à Sillbo, un village à une dizaine de kilomètres de Heby, au centre du pays. Elle parlait le suédois avec un fort accent, n'avait ni travail ni amis. Elle soupira en versant le thé brûlant dans un mug noir portant l'inscription *Sweden Rocks*.

Par les fentes sous la fenêtre, elle entendait siffler le vent. Dehors : champs, forêt et ciel gris. Elle fit un écran de sa main pour ne pas voir. Victoria soupira et s'installa avec son thé, les pieds posés sur la table de la cuisine. Tout dans ce lieu, tout dans ce pays était affreux. Elle prit son mug à deux mains et ferma les yeux.

"Youri", murmura-t-elle.

La princesse des gangsters : ainsi l'avaient surnommée pour plaisanter ses amis d'Iekaterinbourg. Elle avait aimé ça. Elle avait aimé les diamants, les drogues, les dîners, les vêtements et l'appartement où ils habitaient.

Le jour de ses vingt ans, tout avait disparu. Youri avait été assassiné. À l'heure qu'il était, son corps devait être décomposé, méconnaissable. Son dos velu, ses grandes mains, ses larges mâchoires – il n'en restait plus rien.

Youri avait été abattu le jour de son anniversaire. Son sang avait éclaboussé sa fourrure blanche jetée sur le canapé de la boîte de nuit. Ils voulaient la tuer elle aussi, mais le troisième coup de feu du tireur avait manqué sa cible, il avait alors été abattu par les gardes du corps de Youri. Elle s'était réfugiée chez sa mère, à une heure de route de la ville.

C'était sa mère qui lui avait conseillé ce site, où des hommes suédois recherchaient des femmes russes.

"Les hommes suédois sont gentils et doux", lui avait-elle dit.

Victoria avait obéi à sa mère, comme toujours. Elle avait posté une poignée de photos, reçu en quelques jours des centaines de réponses et choisi Malte. Il était bien sur la photo, un gros bébé aux yeux doux. Même âge qu'elle, en surpoids, l'air timide. Il lui avait envoyé l'argent du billet d'avion et, deux semaines plus tard, elle franchissait pour la première fois le seuil de la maison jaune de Sillbo.

Dans la cour, elle entendit la moto de Malte. Victoria ôta les pieds de la table et regarda par la fenêtre. La corpulence de Malte rendait la moto minuscule, comme Godzilla chevauchant un poney. Une camionnette blanche suivait Malte. Le véhicule franchit le portail et se gara à côté de la moto. Lars ouvrit la portière, attrapa un pack de bières sur le siège passager et le porta jusqu'à l'entrée de la maison. Malte en tira une canette et l'ouvrit. Planté là, il but goulûment. Les plis de son double menton roulaient. Les deux hommes disparurent de la vue de Victoria et, une seconde plus tard, elle entendit la clé tourner dans la serrure.

Ils déboulèrent sans enlever leurs chaussures. Lars hésita en voyant les traces sombres de boue collante qu'ils laissaient sur le parquet.

“On s’en fout. Ma bonne femme sera bien contente d’avoir quelque chose à nettoyer. Elle passe ses journées à rien faire”, dit Malte sans prêter attention à Victoria.

Lars rit bêtement, croisa le regard de Victoria une demi-seconde, marmonna un salut en posant le pack de bières sur la table. Malte se dirigea vers la cuisinière.

“Voyons voir quelle tambouille tu nous as mitonnée aujourd’hui”, dit-il en soulevant le couvercle de la cocotte. La vapeur le fit reculer en clignant des yeux. Il s’éventa plusieurs fois de la main et considéra en plissant les paupières le fond du récipient. À côté de Victoria, Lars s’ouvrit une bière.

“Des patates. Bien, très bien.” Malte jeta un coup d’œil alentour en écartant les bras.

“C’est tout ?

— Je ne savais pas à quelle heure vous alliez rentrer. Je vais faire cuire les saucisses”, dit Victoria.

Malte pouffa et, sans arrêter son regard sur elle, se tourna vers son ami. Répéta ce qu’elle venait de dire en exagérant sa voix aiguë et son accent russe. Lars s’esclaffa, de la bière lui coula sur le menton.

“Elle est jolie, mais elle n’a pas inventé la poudre”, dit Malte.

La bière coula de plus belle dans le cou de Lars.

Leurs vêtements sentaient le graillon. Malte avait promis de réparer la hotte, mais n’avait rien fait. Elle rangeait les assiettes sales dans le lave-vaisselle. Les hommes étaient avachis sur le canapé. Des canettes vides jonchaient la table basse. Ils allaient bientôt s’endormir, et sa journée allait alors commencer. Pour de bon. Elle lorgna dans leur direction pour voir où Malte avait posé son téléphone. Fut rassurée en l’apercevant entre deux canettes de bière.

“J’aurais plutôt dû prendre une Thaïlandaise, comme toi. Meilleure bouffe. Meilleures pipes, dit Malte en rotant.

— Renvoie-la chez elle, alors ? pouffa Lars.

— Oui, pourquoi pas. Je me demande ce qu’il y a comme garantie, pour les bonnes femmes sur catalogue, dit Malte, le souffle court.

— Pas de remboursement. Peut-être un avoir ? glissa Lars.

— Eh oui, puisque la marchandise a été consommée et utilisée.”

Ils éclatèrent à nouveau de rire, au moment où l’eau se mettait à couler dans le lave-vaisselle.

3

INGRID STEEN

Ingrid se gara devant l'école Högland, coupa le moteur et resta les mains sur le volant. Elle avait une heure d'avance.

Journaliste pendant quatorze ans, dont deux comme correspondante aux USA, elle avait reçu plus de prix qu'elle n'en pouvait compter. Coupures de presse, diplômes et photos s'affichaient autrefois chez eux. Quand Tommy était devenu rédacteur en chef, les époux étaient convenus qu'il valait mieux qu'Ingrid reste à la maison pour s'occuper de leur fille. Être rédacteur en chef dans la presse du soir était plus qu'un boulot, c'était un style de vie, comme disait Tommy. Si cela avait été l'inverse, si c'était elle qui avait été promue, il aurait fait le même sacrifice, assurait-il. Ingrid s'était inclinée. Elle avait rangé les souvenirs des grands moments de sa carrière au grenier, dans un carton Ikea, et avait endossé le rôle d'épouse dévouée. Ces derniers temps, elle repensait de plus en plus souvent à ses années de journalisme. Parfois, quand la maison était vide, elle descendait le carton dans le séjour pour feuilleter ses "archives". Pas plus tard qu'aujourd'hui, elle avait remis le carton à sa place avant qu'il soit l'heure d'aller chercher Lovisa et que Tommy rentre à la maison.

Ingrid sursauta quand on toqua à la vitre. Elle afficha son sourire de parent d'élève avant de tourner la tête et de voir que c'était Birgitta Nilsson, la maîtresse de

Lovisa. Involontairement, elle regarda sa montre avant de baisser la vitre.

"Visite médicale, dit Birgitta en souriant. Rien de grave, un contrôle de routine."

Ingrid l'aimait bien. Elle approchait de l'âge de la retraite, la classe de Lovisa serait sa dernière.

"Bonne chance, lâcha Ingrid.

— J'ai vu Tommy dans Agenda, hier – il était formidable ! Tellement intelligent, il parle bien. Vous devez être fière."

Birgitta joignit les mains.

"Très.

— Et qu'il ait en plus pris le temps l'automne dernier de venir en classe parler de son métier, avec tout ce qu'il a à faire. Quand les autres professeurs ont appris sa visite, ils ont été tellement enthousiastes qu'il a fallu réserver l'auditorium. Lovisa était si contente. Moi aussi.

— Parfait. Oui, Tommy sait prendre le temps."

La maîtresse tendit la main, toucha l'épaule d'Ingrid avant de tourner les talons et de disparaître en direction du métro.

Ingrid monta le volume de la musique.

Au fond, elle n'avait pas besoin de preuve supplémentaire de l'infidélité de Tommy. Elle avait déjà compris. Depuis l'été, il était différent. Il faisait plus attention à son apparence, du jour au lendemain il avait fait appel à un coach sportif personnel. Avant, il pouvait discuter de n'importe quelle décision concernant la rédaction en présence d'Ingrid, il savait qu'elle ne ferait jamais rien fuiter, elle connaissait les règles. Désormais, il s'excusait et disparaissait dans son bureau ou au jardin.

"Nouvelle politique des propriétaires, lui avait-il expliqué quand elle lui avait posé la question. Et puis, tout ça, ça ne t'intéresse plus, si ?"

Mais Ingrid voulait savoir qui était la femme que baisait son mari. Probablement quelqu'un de la rédaction, c'était comme ça qu'ils s'étaient eux-mêmes rencontrés, c'était comme ça que les journalistes se rencontraient d'habitude.

Chaque jour, elle achetait l'édition du soir qu'elle feuilletait. Elle ne reconnaissait presque plus personne parmi les photos qui accompagnaient les signatures. Beaucoup des collègues de son époque avaient quitté le journal, d'autres avaient abandonné la vie usante de reporter pour devenir chefs de service.

Ses anciens camarades de travail savaient-ils que Tommy la trompait ? La plaignaient-ils ? Aidaient-ils Tommy à dissimuler son aventure ?

Ingrid avait un plan pour découvrir avec qui il la trompait, mais pas pour ce qu'elle ferait ensuite.

4

VICTORIA BRUNBERG

Malte et Lars ronflaient. Leurs corps gras dégageaient une odeur de sueur et d'alcool. Victoria attrapa le portable de son mari et l'emporta au sous-sol. Elle entra dans le cagibi où il cachait son alambic, prit une bouteille contenant un liquide translucide et s'assit dans le canapé moelleux devant le téléviseur éteint. Dans le meuble, en dessous, s'alignait sa collection de films pornos, bien en vue. Elle les avait tous visionnés plusieurs fois, c'était comme ça qu'elle avait appris le suédois. Malte la maintenait isolée. La maison n'avait pas de connexion internet.

Victoria avait un portable, avec une carte prépayée. Les cent couronnes que Malte y mettait ne suffisaient pas pour appeler en Russie. Le seul moyen pour Victoria de garder contact avec sa mère était de partager la connexion du portable de Malte avec le sien.

Les premiers mois, elle s'était imaginé que la vie en Suède allait être correcte malgré tout. Pas comme ses années avec Youri, mais supportable. Malte était gentil. Ennuyeux, mais gentil. Il lui achetait des fleurs à moitié fanées, la complimentait pour sa cuisine, l'appelait sa “petite femme”. Certes, c'était pénible de coucher avec lui, de l'avoir près d'elle, de sentir ses mains maladroites sur son corps, mais au moins il la traitait comme un être humain.

Elle lui savait gré de l'avoir sortie de Russie. Mais au bout de six mois, il avait commencé à changer. Était devenu méchant. Avait cessé de se doucher. Sentait de plus en plus mauvais. Au lieu de coucher avec elle, il ordonnait : "Pipe !" baissait son pantalon jusqu'aux genoux et s'asseyait sur le canapé.

Et elle obéissait, suçait son petit pénis. Elle avait peur de lui. Même s'il n'avait jamais levé la main sur elle, elle était entièrement à sa merci. Malte pouvait lui rendre la vie encore bien pire qu'elle ne l'était déjà.

Elle n'avait nulle part où aller, la ferme était une prison. Si seulement elle avait eu un seul ami, quelqu'un qui soit vraiment gentil avec elle, et la traite comme une personne, et non comme une poupée gonflable avec option ménage et cuisine.

Elle but en grimaçant une gorgée du breuvage distillé maison. Sa mère n'avait pas répondu à son dernier mail. Victoria lui cachait sa situation. Elle lui mentait en lui racontant que tout allait bien, qu'elle avait plein d'amies et était heureuse. Elle écrivait que Malte la gâtait, qu'il était doux et gentil, exactement comme sa mère avait dit des hommes suédois, et qu'il était chef d'une grosse société informatique. Elle lui racontait avec enthousiasme les dîners charmants, les voyages en Méditerranée, leurs amis puissants, leur couple heureux et leur projet de fonder une famille.

Elle remerciait sa mère d'avoir eu la bonne idée de lui suggérer un mariage en Suède.

5

BIRGITTA NILSSON

Dans la salle d'attente du petit centre de santé, Birgitta Nilsson songeait encore à Tommy et Ingrid Steen. Des personnes formidables, tous les deux. Spirituels, pleins d'humour. Leur fille Lovisa avait à la fois hérité de la beauté de sa mère et de la verve de son père.

Birgitta retroussa la manche de son chemisier et promena les doigts sur l'eczéma qui était apparu au niveau de son coude. Puis elle passa la paume de sa main sur les côtes douloureuses de son flanc gauche.

Il lui restait deux ans avant la retraite. Son mari, Jacob, aurait déjà dû prendre la sienne, mais comme il dirigeait une société d'expertise comptable, il voulait continuer à travailler. Parfois, Birgitta s'imaginait que, sinon, ils auraient acheté une maison en Espagne où ils auraient coulé des jours heureux. Leurs garçons de vingt ans, les jumeaux Max et Jesper, seraient parfois descendus les voir avec leurs petites amies. En réalité, elle n'avait pas besoin d'une maison en Espagne. Tout ce qu'elle souhaitait dans la vie, c'était l'amour des personnes qui lui étaient les plus chères. Elle était tellement perdue dans ses pensées qu'elle n'avait pas entendu l'infirmière appeler son nom.

"Birgitta Nilsson.

— Oh pardon. Je rêvais."

Birgitta se leva et suivit l'infirmière. Au bout du couloir, une porte était entrouverte. L'infirmière invita Birgitta à entrer.

"Merci beaucoup, et encore pardon, je vieillis, je commence à ne plus avoir toute ma tête", s'excusa-t-elle en pénétrant dans la pièce.

Le docteur était un homme élégant, dans les trente-cinq ans. Cheveux noirs plaqués en arrière, mâchoire carrée et lèvres épaisses. Birgitta tendit la main, et l'homme l'invita à s'asseoir. Il se racla la gorge et commença à parler, mais Birgitta n'écoutait pas. Elle regardait la photo encadrée posée sur son bureau. Étendus sur une plage, une belle femme aux cheveux sombres et deux jeunes enfants bouclés, aux longs cils fournis riaient face à l'objectif.

"Quelle belle famille !" s'exclama-t-elle au beau milieu de l'exposé du docteur.

Il se tut et son regard se porta sur la photo.

"Vous devez être fier et heureux. Quels petits anges, quelle épouse charmante.

— Merci. Oui, vraiment. Mais nous devrions…"

Le docteur montra le document qu'il tenait à la main. Ce n'est qu'alors que Birgitta remarqua son air préoccupé.

"Désolée, je me perds en futilités. Votre temps est sûrement compté, d'autres attendent. Excusez-moi, je bavarde à tort et à travers. Je vous en prie, continuez."

Le docteur écarta une mèche luisante égarée sur son front et se gratta le cou. Ses yeux doux plongèrent dans ceux de Birgitta.

"Malheureusement, ce que nous redoutions se confirme : vous avez un cancer du sein."

Le docteur attendit une réaction de sa part, qui n'eut pas lieu.

“Vous avez entendu ce que j’ai dit, Birgitta ?

— Oui, oui.”

Il se pencha en avant, posa la main sur la sienne et la regarda dans les yeux :

“Je comprends que vous soyez choquée et inquiète. Mais vos chances de survie sont bonnes. Nous vous contacterons dès que nous aurons trouvé un créneau pour vous opérer.”

Birgitta lui sourit.

“Très bien, merci beaucoup.”

Elle se leva. La chaise racla sur le sol.

“Voulez-vous que nous appelions quelqu’un pour vous ramener chez vous ?”

Birgitta secoua la tête.

“Non, je préfère ne pas les ennuyer avec ça. Je me débrouille.”

Le docteur marmonna quelque chose, et Birgitta tendit la main pour prendre congé.

“Vous avez été convoquée de nombreuses fois pour une mammographie, mais vous n’êtes jamais venue.”

Il la dévisageait. Birgitta sourit. Elle ne pouvait pas lui dire la vérité.

“J’ai eu tant à faire, vous savez.”

Elle lâcha sa main et quitta la pièce.

6

INGRID STEEN

Tommy ronflait bruyamment. Ingrid posa ses pieds nus sur le parquet, rajusta sa chemise de nuit et se leva. À pas lents, elle quitta la chambre et descendit au rez-de-chaussée. Elle prit le manteau de Tommy, la trousse à couture et s'enferma aux toilettes. Elle se dépêcha de défaire les points qu'elle avait cousus le soir précédent et glissa la main dans la doublure. Elle en sortit le dictaphone, son voyant était vert. Il continuait d'enregistrer. Elle l'arrêta, vérifia qu'il était éteint et soupira.

Ingrid refoula l'envie d'écouter tout de suite son contenu. Elle commença par recoudre le tissu, sortir des toilettes et raccrocher le manteau.

Elle glissa le dictaphone dans la poche de son blouson et alla boire un verre d'eau à la cuisine. Dans quelques heures, Tommy allait participer au journal télévisé du matin, et Lovisa serait partie jouer chez une copine. Alors, elle aurait le temps d'écouter l'enregistrement. Elle avait peine à se retenir.

7

VICTORIA BRUNBERG

Malte avait la gueule de bois, ses petits yeux étaient injectés de sang et hostiles. Ils cherchaient l'erreur, quelque chose à corriger ou à commenter. Victoria avait préparé des œufs brouillés. Elle posa la poêle sur la table, la salière à côté et remplit un verre de jus de fruits. Il secoua la tête.

"Bière. Faut que je me débarrasse de cette gueule de bois."

Elle ne répondit pas, se retourna vers le réfrigérateur pour y pêcher une des canettes qui restaient de la veille.

"Autre chose ?"

Il grogna pour toute réponse. Victoria quitta la cuisine, mit un des blousons de Malte sur ses épaules, enfila une paire de bottes en caoutchouc et ouvrit la porte. L'air était froid et humide. Elle alluma une cigarette. Les champs étaient gris, le ciel était gris, tout était gris dans ce maudit pays. Une voiture rouge passa sur la route, à cinq cents mètres de là.

Si seulement elle avait eu le permis, elle aurait pu voler la fourgonnette de Malte et s'enfuir. Tout quitter, gagner Stockholm. Mais Malte lui avait pris son passeport et lui avait dit ce que lui ferait la police si elle se faisait prendre à conduire sans permis. Elle finirait en prison, ce qui serait encore pire que de rester à Sillbo.

Quand elle était arrivée de Moscou, ils avaient passé une nuit à Stockholm. Ils étaient descendus à l'hôtel, Malte l'avait invitée à dîner dans un bon restaurant. Ensuite, à l'hôtel, elle avait compris qu'elle était désormais sa propriété. Depuis, elle vivait soumise à ses conditions, était une figurante dans sa vie. Il attendait d'elle qu'elle s'occupe du ménage et écarte les jambes. En échange, il subvenait à ses besoins.

Le lendemain, ils avaient roulé jusqu'à Heby, puis continué dans la forêt jusqu'à Sillbo. Elle avait fait la connaissance des parents de Malte. Au cours d'un déjeuner à la pizzéria, ils l'avaient regardée fixement, comme une sorte d'animal.

Elle avait fait de son mieux pour être polie, avait posé des questions dans son mauvais anglais, mais ils avaient continué à se taire en la fixant. Dans la voiture, sur le chemin du retour, Malte lui avait dit que les Suédois n'aimaient pas trop parler.

Même si elle avait pu s'enfuir, Malte s'était assuré sa soumission par d'autres moyens. À l'insu de Victoria, durant les premiers mois, il avait systématiquement filmé leurs ébats. Il l'avait prévenue : si elle disparaissait, les vidéos seraient postées sur des sites pornos, en particulier russes.

Victoria écrasa son mégot dans le pot de fleurs et ôta le blouson.

La cuisine était vide, Malte était descendu au sous-sol. Elle entendait la télévision. Malte criait, appelait. Victoria rangea la cuisine, nettoya la poêle, vida le fond de bière dans l'évier en se demandant ce qu'elle allait faire le reste de la journée. Le réfrigérateur était presque vide. Elle allait devoir demander à Malte de la conduire à Heby pour faire les courses.

"Viens ici !" appela Malte depuis le sous-sol.

Victoria ferma les yeux, elle savait ce qu'il voulait. Elle descendit l'escalier.

"Pipe", ordonna-t-il, sans quitter l'écran des yeux, en baissant son pantalon de survêtement et son caleçon. Elle s'agenouilla devant le canapé et prit son pénis flasque dans sa bouche.

Il lui posa sa canette de bière sur la tête en pouffant.

"Putain, j'y avais pas encore pensé. Ces salopes de féministes ont donc raison, les femmes peuvent vraiment faire deux choses en même temps", dit-il en se calant au fond du canapé.

8

INGRID STEEN

Après avoir laissé Lovisa chez sa camarade de classe et échangé quelques mots convenus avec ses parents autour d'un café, Ingrid quitta la zone résidentielle et dirigea sa Toyota Prius gris métallisé vers le centre de Stockholm.

Elle avança l'enregistrement jusqu'à l'arrivée de Tommy à la rédaction et mit ses écouteurs blancs tout en roulant au hasard dans le centre-ville. Dictaphone dans la main gauche, poignet appuyé sur le volant, elle remontait lentement Sveavägen.

La réunion du matin dans le bureau de Tommy avec les chefs de service, une conversation avec un journaliste connu et primé sur sa dernière série de reportages, un moment de silence. Tommy tapant sur son clavier d'ordinateur. Globalement rien d'intéressant jusqu'à ce qu'Ingrid estimât être l'heure du déjeuner. Son portable sonnait, elle l'entendit fermer la porte de son bureau tout en décrochant. Sa voix jusqu'alors formelle avait changé de ton.

“Bientôt, mon cœur”, disait-il.

Silence. Ingrid retint son souffle.

“Ah, tu aurais envie d'un déjeuner rallongé, hein ? J'ai un peu à faire, mais on peut se retrouver à l'endroit habituel dans trente minutes.”

Ingrid freina à un feu rouge au niveau de la gare centrale. Quelques piétons traînant des valises à roulettes traversèrent la rue. Un homme aux vêtements sales fouillait une poubelle à la recherche de canettes consignées. Une femme passait avec une poussette.

Pourquoi personne ne réagit ? Mon monde s'effondre et tout continue comme si de rien n'était ?

Quelqu'un klaxonna derrière elle. Le feu était passé au vert. Elle appuya sur l'accélérateur, un peu trop fort, la voiture brouta avant d'avancer. L'œil sur la route, elle avança l'enregistrement de trente minutes, tout en s'engageant sur Centralbron. La circulation était dense sur le pont, seules deux files étaient ouvertes à cause de travaux. Dans ses écouteurs, elle entendit Tommy traverser la rédaction, le dictaphone dans son manteau enregistrait les flatteries. Ingrid savait qu'il adorait ça. Tommy aimait se sentir important. Peut-être était-ce pour avoir grandi avec un père lui aussi journaliste qui l'élevait seul ? Dès le début de leur relation, Ingrid avait remarqué combien Tommy était sensible aux courbettes. Tout le monde est content de s'entendre dire qu'il est doué, qu'il fait bien son travail, mais chez Tommy, les félicitations de ce genre prenaient le pas sur tout le reste. C'était comme ça qu'il avait expliqué sa première infidélité. Ingrid était enceinte de Lovisa de plusieurs mois. Elle l'avait mis à la porte, mais pardonné au bout de quelques jours. Il lui avait juré que c'était une aventure isolée, et elle l'avait cru.

Dans l'ascenseur, il se retrouvait englué dans une conversation avec deux journalistes sportifs. Le foot. Ingrid entendit à son ton qu'il voulait s'en aller, que ça l'ennuyait.

“Alors tu ne déjeunes pas avec nous, chef ?

— Désolé, j'aurais bien voulu. Mais j'ai un rendez-vous. Je vous assure, j'aurais préféré venir causer série A avec vous.”

Des rires polis. Ces idiots le croyaient, visiblement. Ils ne comprenaient pas que leur chef partait tirer son coup avec sa maîtresse à l'heure du déjeuner.

Silence. Les portes de l'ascenseur s'ouvraient. Les pas de Tommy retentissaient. Ingrid devina que c'était dans un parking. Elle essaya de l'imaginer, de pénétrer son esprit. Avait-il mauvaise conscience ? Pensait-il à elle, à Lovisa ? Une portière de voiture s'ouvrait. Il s'installait au volant. Ingrid sursauta en entendant une autre portière s'ouvrir. Elle tendit l'oreille. Même si aucun mot n'avait été prononcé, elle était certaine qu'il y avait à présent une deuxième personne dans le véhicule. Une seconde elle se demanda si elle ne faisait pas fausse route. Tommy pouvait-il avoir un rendez-vous avec un informateur ? Elle balaya Söder Mälarstrand des yeux. Les bateaux y attendaient tristement sur les quais déserts l'arrivée du printemps.

La seconde suivante, elle entendit une fermeture éclair s'ouvrir et Tommy gémir.

“Il y a le feu, aujourd'hui ? s'esclaffait-il.

— Puisque tu m'obliges à baisser la tête, je voulais juste me rendre un peu utile. On a combien de temps ?

— Tout le temps qu'on veut.”

Ingrid eut un vertige. Elle jeta un coup d'œil dans le rétroviseur, serra à droite, s'arrêta, se débarrassa des écouteurs et se jeta hors de la voiture. Elle se précipita au bord du quai et vomit dans l'eau noire.

9

BIRGITTA NILSSON

Birgitta Nilsson était persuadée qu'elle allait mourir. Elle se représenta les trois hommes avec lesquels elle avait vécu ces vingt-deux dernières années, autour desquels toute sa vie avait gravité.

Les jumeaux Max et Jesper seraient là, l'un pour l'autre. Ils avaient beau avoir bientôt vingt et un ans, ils habitaient ensemble, ne faisaient rien l'un sans l'autre. Elle espérait qu'ils s'occuperaient de Jacob. Leur père les adorait et les gâtait. Jacob était un homme dur et froid qui ne lui avait jamais témoigné la tendresse qu'elle aurait souhaitée, mais son amour pour ses fils était inconditionnel. Il compensait ainsi la froideur qu'il lui manifestait – aimer ensemble quelqu'un, c'est comme s'aimer, avait-elle l'habitude de se dire.

“Comment ça s'est passé au travail aujourd'hui, mon chéri ?” demanda-t-elle à son mari tout en passant le plat de pommes vapeur à Max.

Jacob grommela. Il était encore irrité que le dîner ait été servi plus tard que d'habitude. Birgitta s'était dépêchée de rentrer de chez le médecin, mais n'avait terminé de préparer le repas des garçons – comme elle les appelait tous les trois – qu'à sept heures et quart.

Pas étonnant qu'ils soient taciturnes, ils étaient morts de faim.

Ils se mirent à parler de bateaux, ce qui, avec le hockey, était un de leurs sujets préférés. Birgitta suivait la conversation sans y participer. Jacob songeait depuis longtemps à acheter un nouveau bateau, et il fut décidé que ses fils et lui iraient à Västerås en voir un qui était à vendre.

"Je suis contente pour vous", dit Birgitta.

Personne ne répondit.

Quand ils eurent fini de manger, ils passèrent dans le séjour en laissant leurs assiettes à table. Birgitta débarrassa, rangea la cuisine et répartit les restes dans trois boîtes en plastique. Une rouge pour Jacob et deux bleues que les jumeaux pourraient emporter dans leur appartement. Leurs voix apaisaient Birgitta. Ce bruit de fond, son mari et ses fils devant la télévision, était le décor de sa vie depuis qu'à la quarantaine elle était miraculeusement devenue maman. Elle avait fait son devoir, rempli sa mission. Les jumeaux étaient adultes, se débrouillaient seuls.

Ce qu'elle disait ne recueillait le plus souvent qu'indifférence de leur part, et elle avait cessé de se forcer. Il lui arrivait de rêver de l'époque où ils étaient petits. Dépendants, vulnérables. Quand ils se glissaient la nuit dans la chambre de leurs parents. Parfois, la douleur de savoir ce temps à jamais révolu la faisait tressaillir. Après, elle se sentait idiote. Elle ne pouvait s'empêcher d'éprouver de la jalousie à l'égard des parents d'élèves de sa classe. Ils vivaient les meilleures années de leur vie.

Deux heures plus tard, Birgitta et Jacob étaient côte à côte sur le pas de la porte pour dire au revoir à leurs fils. Ils les regardèrent traverser le jardin et descendre vers l'arrêt de bus avant que Jacob ne referme derrière eux et se tourne vers elle.

“Pourquoi tu as mis tant de temps à rentrer ?” demanda-t-il. Il serrait les mâchoires.

“Mais mon chéri, il y avait une réunion avec les parents et…”

Le premier coup tomba – un poing fermé, au même endroit que la semaine précédente. Birgitta chuta. Il la fixa, étendue à terre. Silencieuse, immobile.

“Si tu n’étais pas aussi moche, je t’aurais soupçonnée d’avoir un amant. Mais qui voudrait te baiser ?”

Elle fixa son regard sur sa main droite. Ses doigts tremblaient. Comme s’il n’avait pas encore décidé s’il y aurait d’autres coups. Mais Birgitta savait, elle le connaissait assez bien pour deviner qu’il y en aurait d’autres. Dès le matin, elle avait su. Il était taciturne, renfermé. C’était quand Jacob ne lui aboyait pas dessus qu’il fallait faire attention.

La visite des enfants n’avait fait que retarder la violence. Jacob se pencha, l’attrapa par le chemisier, et Birgitta ferma les yeux. Il frappa de nouveau. L’air lui manqua soudain. Elle roula sur le côté, le visage face au mur, et entendit ses pas s’éloigner vers le séjour.

Birgitta resta là une minute, rassembla ses forces avant de se relever péniblement.

10

INGRID STEEN

Ingrid dit à Lovisa de jouer toute seule, et alla se laver les dents dans la salle de bains. Elle évitait de se regarder dans la glace. Elle rabattit le couvercle de la cuvette des WC et s'assit. Inspira plusieurs fois à fond. Une partie d'elle-même aurait voulu continuer, faire comme si de rien n'était. Des centaines de milliers, sinon des millions de femmes vivaient avec des maris infidèles. Elle savait bien que Tommy l'avait déjà été, et elle lui avait alors pardonné. Que serait-il arrivé sinon ? Lovisa aurait dû grandir avec des parents séparés. Quant à elle, elle aurait sans doute repris son métier de journaliste, toute la journée loin de chez elle, stressée, se sentant inutile.

Elle se racla la gorge, se leva et gagna la cuisine.

À côté du grand réfrigérateur en inox, un ordinateur Apple affichait l'emploi du temps de Tommy et le sien. L'idée était que les époux y notent leurs activités et leurs horaires au cours de la semaine, afin d'organiser le quotidien. La couleur de Tommy était le bleu, la sienne le rouge. Neuf points sur dix de l'agenda concernaient Tommy. Réunions, réunions, réunions. Galas, réceptions, rencontre du club des annonceurs. À part trois séances de sport, tous les points d'Ingrid concernaient Lovisa. Aller la chercher à l'école, la déposer à la danse, au foot, faire les devoirs. La semaine suivante, la seule exception était un rendez-vous avec l'institutrice, en vert, puisque c'était une activité commune. Tommy avait stoïquement proposé de l'y accompagner.

Elle ferma la fenêtre de l'agenda d'un clic irrité et tapa dans Google : *mari infidèle que faire ?*

11

VICTORIA BRUNBERG

Ils se garèrent devant le sinistre supermarché ICA de Heby. Le ciel était gris, la pluie menaçait. Des gens en survêtement traînaient leurs sacs vers leurs voitures rouillées.

Victoria entra et prit un chariot.

"Grouille-toi. Et n'achète pas de conneries inutiles, je ne suis pas millionnaire", grommela Malte.

Ça, non, vraiment pas, pensa Victoria.

Malte marchait devant elle. Avec son tee-shirt trop court et son pantalon de survêtement gris qui tombait, il offrait une vue imprenable sur la raie de ses fesses. Il s'en fichait. Il lâchait mollement un "Salut" ou se contentait d'un signe de tête aux connaissances qu'il croisait.

Au rayon lait, Malte s'était mis à soupirer et à croiser ostensiblement les bras quand Victoria aperçut Mi – l'épouse thaïlandaise de Lars. La petite femme se fendit d'un grand sourire, comme ouverte au couteau d'une oreille à l'autre. Elle était toujours gaie. C'était quoi, son problème ? Elle se plaisait donc dans ce trou infernal, parmi ces bouseux débiles et grossiers ?

"Saaalut Victoria, comment ça va ?"

Victoria répondit d'un sourire crispé à son bonjour chantant. Malte et Lars s'étaient eux aussi trouvés. Leurs rires tapageurs retentissaient dans tout le magasin.

"Je faire nouilles ce soir. Tu faire quoi ?" demanda gaiement Mi, en regardant dans le chariot de Victoria et en commençant à soulever ses marchandises pour les examiner.

Une tarte au cyanure et aux éclats de verre, pensa Victoria.

"Du *pyttipanna**", répondit-elle. Elle n'avait même pas le courage de se forcer à sourire.

Lars et Malte arrivaient. Malte tenait Lars par les épaules.

"Ça se fête, laisse tomber ces conneries", dit-il en montrant le contenu du chariot.

Victoria le regarda, interloquée.

"Lars va être papa, ajouta-t-il en lui assénant une tape dans le dos.

— Mi me l'a annoncé ce matin", expliqua fièrement Lars.

Victoria soupira intérieurement. Certes, ça ferait du bien de sortir, même si cette expédition à Heby ne serait pas exactement l'odyssée du bonheur, mais au moins, ça romprait l'ennui. Mais elle allait à présent devoir supporter un après-midi et une soirée à l'auberge de Heby.

"On ne fait plus les courses ? demanda-t-elle.

— Mais putain, tu peux pas être un peu gaie et spontanée, bordel ! gueula Malte. Tu entends bien ce que Lars et Mi disent. Ils vont être parents, ça se fête.

— Il faut que je rentre me changer. Toi aussi", dit Victoria en montrant son pantalon de survêtement taché.

"Bah ! J'emprunterai une chemise à Lars. Hein, Lasse ? Et tu pourras prendre une des robes de Mi. Ce sera rigolo, non ?"

Victoria regarda la petite Thaïlandaise qui levait le pouce en souriant.

Victoria se figea.

* Fricassée de pommes de terre, oignons et viande en dés, servie avec un œuf au plat et une salade de betteraves. *(N.d.T.)*

12

INGRID STEEN

Assise à la table de la cuisine, Ingrid la voyait déferler en provenance des USA sur la Suède et sur le monde entier : la vague #MeToo était partout.

Le flux Facebook d'Ingrid était plein de femmes qui se levaient, prenaient la parole et criaient. Viols, abus sexuels, soumission. Toutes avaient quelque chose à raconter, toutes. C'était hypnotisant. Elle ne pouvait s'arrêter de lire ces récits. Elle se remémora sa vie. Son adolescence à Västerås. Des années où elle tiquait à peine d'être traitée de pute au bar par un dragueur éconduit. Des nuits où, après s'être enivrée à une fête, elle se réveillait sans culotte et avec des souvenirs fragmentaires de mains sur son corps. Bien sûr qu'il s'agissait d'abus sexuels. Et ça ne s'arrêtait pas là. Ses premières années au journal, des collègues féminines lui avaient conseillé de ne pas se retrouver seule avec certains reporters et photographes. Les collègues masculins qui riaient et minimisaient les faits quand les mains baladeuses de l'un d'eux, un peu trop éméché, pinçaient fesses, seins ou hanches. Le reporter du service criminel qui, lorsqu'elle avait tendu la main pour se présenter, au début de sa première semaine de travail, l'avait reluquée de la tête aux pieds et, au lieu de dire son nom, avait lâché : *Quelle magnifique bouche à pipe !*

Les abus avaient longtemps fait partie du jeu, mais les règles avaient désormais changé.

Ingrid reposa son téléphone et se leva. Elle alla dans la chambre de Lovisa voir si sa fille dormait. Elle la bordait quand elle entendit la voiture de Tommy. Il remonta l'allée d'un pas rapide. Ingrid referma la chambre de Lovisa et descendit l'escalier. Tommy ôtait ses chaussures. En la voyant, il secoua la tête.

"Quelle journée pourrie, non ? Je dois être à la rédaction demain matin dès sept heures."

Comme Ingrid ne répondait rien, il continua : "Une publication sensible. Sacrément sensible. Je vais recevoir la version finale de l'article d'ici une demi-heure."

Ils gagnèrent la cuisine. Ingrid prépara du café pour eux deux pendant que Tommy s'installait à table.

"Deux collaboratrices sont venues me voir aujourd'hui. Elles veulent que je vire Ola Pettersson et Kristian Lövander. Apparemment, ils se sont mal comportés.

— Mais tu le savais déjà, non ?"

Tommy fit un sourire las.

"Oui, mais ils ne pensent pas à mal. Ce sont de vieux schnocks d'un autre temps. Toutes ces histoires d'égalité, c'est nouveau pour eux. Et ils ont tendance à picoler. S'ils se comportent comme ça, ça n'est pas par méchanceté. Et puis, on a besoin d'eux au journal, ce sont des journalistes respectés, avec une expérience à laquelle peu d'autres peuvent prétendre. Les lecteurs leur font confiance. Putain, Lövander m'a pris sous son aile quand je suis arrivé au journal ! Je ne peux pas le virer.

— Qu'as-tu dit à ces femmes, alors ?

— Que j'allais mener mon enquête, en leur assurant qu'on laverait notre linge sale en famille, pour ainsi dire."

Ingrid sentit le malaise s'emparer d'elle. Deux jeunes femmes étaient venues voir Tommy, solliciter son aide, mais il les avait repoussées et muselées.

"Tommy, tu dois…"

Il sursauta et la dévisagea.

"Je dois, que dalle. Tu ne piges pas ce qui est le mieux pour le journal, pour nous ?

— Mais…

— Ferme ta gueule, putain ! Je ne suis pas d'humeur. Tu n'as aucune idée de ce dont tu parles, là."

Ingrid se tut. Ils finirent leur café en silence, puis Tommy se leva et monta à l'étage. Ingrid débarrassa les tasses vides et les rinça.

13

BIRGITTA NILSSON

Un vent froid soufflait, mais le soleil brillait et faisait scintiller l'eau à Aspudden. Birgitta Nilsson alluma une cigarette, inspira doucement la fumée, étouffa une quinte de toux et souffla. Elle but une grande gorgée de Coca-Cola à la bouteille. Soda et nicotine étaient le mélange de goûts qu'elle associait avec ce quartier où elle avait grandi.

Une fois par an, elle y retournait, déambulait parmi les barres d'immeubles et terminait sa promenade en s'asseyant sur les rochers avec son Coca et ses cigarettes.

Elle n'en avait jamais parlé ni à Jacob ni à ses fils, et aucun d'eux n'avait non plus posé de questions. Elle changea de position et sentit ses côtes douloureuses.

Pourquoi n'êtes-vous jamais venue aux mammographies ? avait demandé le docteur. Birgitta sourit puis éclata de rire. Elle inspira une nouvelle bouffée de cigarette et vérifia qu'elle avait bien du chewing-gum pour masquer l'odeur.

Ce qu'il aurait été étonné si elle lui avait dit la vérité.

Parce que mon mari a pris l'habitude de me démolir, quand ça lui chante. Il me cogne là où ça ne se voit pas. Et j'ai fini par me dire que tant que ça ne se voit pas, ça n'existe pas.

Elle avait vingt-sept ans quand elle avait rencontré Jacob dans un bar du quartier Klara, aujourd'hui rasé. Elle ne se rappelait pas le nom de l'établissement, et ça n'avait aucune importance. Jacob était sorti avec quelques amis. Un expert-comptable fraîchement diplômé, cheveux plaqués en arrière et cravate fine. Un snob, avait-elle pensé. Un de ses collègues était venu les trouver, elle et son amie, pour les inviter à leur table. Elles avaient répondu qu'elles allaient y réfléchir et, un moment plus tard, elles avaient rejoint la bande des économistes. À l'époque, Jacob était déjà taciturne, introverti. Pendant que ses camarades faisaient la conversation, il sirotait tranquillement un verre de vin, glissant de temps en temps un commentaire. Plus tard dans la soirée, le groupe avait migré vers une boîte de nuit. Le haut volume sonore ne plaisait pas à Birgitta. Jacob l'avait prise par le bras et lui avait proposé d'aller ailleurs, dans un endroit où on pouvait s'entendre.

"Les autres viennent aussi ?" avait-elle demandé.

Jacob avait secoué la tête.

"Non, seulement toi et moi."

Elle s'était sentie choisie, spéciale. Elle avait compris que Jacob était avare de ses mots. Là, elle était devenue sienne. Là, sa vie avait changé. Si Birgitta ne l'avait pas suivi, tout aurait sans doute été différent, elle n'aurait alors peut-être pas eu des bleus et des rougeurs à cacher quand elle était convoquée à des mammographies.

Deux enfants en combinaisons colorées, de gros bonnets enfoncés sur le front, jetaient des cailloux dans l'eau depuis la plage. Birgitta regarda alentour si quelqu'un les surveillait. Un accident est si vite arrivé. Assise sur un banc, une jeune femme supervisait leur jeu. Birgitta hocha la tête. En même temps, une partie d'elle éprouvait de la déception. Si les enfants avaient pu s'aventurer dans l'eau, elle les aurait secourus. La gratitude des parents l'aurait comblée. Peut-être auraient-ils parlé d'elle dans le journal local ? Ou si elle était morte en leur portant secours ? Elle n'imaginait pas plus belle fin que de sacrifier sa vie pour deux enfants. Peut-être qu'alors même les jumeaux et Jacob auraient été fiers d'elle, et auraient dit de belles choses à son sujet dans le journal.

"Tu deviens folle", se murmura-t-elle.

14

VICTORIA BRUNBERG

La robe rose qu'elle avait empruntée à Mi était bien trop petite et lui remontait sur les fesses au moindre mouvement imprudent. Victoria était obligée d'être sans cesse sur ses gardes pour ne pas montrer ses parties les plus intimes à la clientèle de l'auberge de Heby.

On leur avait donné une table de quatre. Les hommes s'étaient placés face à face. Victoria était recroquevillée sur une chaise inconfortable avec, de l'autre côté de la table, Mi qui n'arrêtait pas de rire en hochant la tête.

La viande coriace et les frites molles étaient avalées. Malte avait passé le doigt au fond de son assiette pour récupérer les derniers restes de sauce béarnaise.

"Maintenant on picole ! Enfin, pas toi, Mi. Pour que ton gosse ne soit pas malformé et débile !" s'exclama Malte en levant son verre et en découvrant ses dents jaunes. Les coins de ses lèvres et ses joues luisaient de graisse. Le rire hystérique de Mi perçait les oreilles de Victoria.

"Santé, bordel !" lança Lars avant d'écluser sa bière en hélant aussitôt le garçon pour en avoir une autre.

Les premiers mois, Victoria avait fait la conversation à Malte, tenté de leur trouver au moins quelques points d'intérêt communs. De le maintenir content et gai. Cette époque était révolue. Elle avait de plus en plus de mal à cacher son mépris. Elle ne comprenait pas comment Mi faisait pour garder le moral. La petite Thaïlandaise riait en hochant la tête au moindre commentaire idiot qui s'échappait de la bouche des deux amis. Elle semblait satisfaite de sa vie à Heby, satisfaite d'avoir un homme gras qui ne se lavait jamais et parlait d'elle comme d'une sorte d'animal de compagnie. N'y avait-il rien d'autre derrière ce rire et ces yeux vides ?

"Tu veux m'accompagner aux toilettes ?" proposa Victoria.

Mi hocha la tête.

Elles se levèrent. Victoria se dépêcha de rabattre sa robe pour qu'elle couvre au moins la moitié de ses fesses. Dans l'auberge, les hommes ricanaient en se léchant les babines, sans gêne. Dans la queue des toilettes, deux Suédoises d'un certain âge dévisagèrent Victoria.

"Des putes d'importation", chuchota l'une d'elles à sa voisine en les montrant de la tête. Victoria les fusilla du regard, puis jeta un coup d'œil à Mi, qui semblait complètement indifférente.

Les femmes disparurent.

"Ça ne te dérange pas qu'elles parlent de toi comme ça ?" demanda-t-elle à Mi en se laissant tomber sur le siège des toilettes.

Mi parut étonnée.

"Non."

Victoria soupira et désigna son ventre.

"Tu es contente ?

— Très. Lars content aussi. Je veux lui content.

— Tu ne détestes pas ce putain d'endroit ?

— Heby ?

— Oui.

— Heby, joli.

— Mais ton pays ne te manque pas ? Ta famille, tes amis ?

— Je n'avais pas de famille. Je n'avais rien. Ici, j'ai tout."

Victoria soupira en rajustant sa robe. Mi ouvrit la porte et des regards méprisants se braquèrent sur elles, tandis qu'elles se frayaient un chemin dans le couloir des toilettes. À Iekaterinbourg, elle aurait arraché les yeux des femmes qui l'auraient toisée ainsi, mais personne n'avait jamais osé. Pas après sa rencontre avec Youri.

Elle travaillait dans une boutique de sous-vêtements dans un luxueux centre commercial du centre-ville. Un matin, Youri était entré en compagnie d'une belle femme et de deux gardes du corps. La blonde platine l'avait snobée quand elle lui avait proposé son aide, avait froncé le nez en la chassant d'un signe de la main.

Tandis qu'elle emportait dans la cabine d'essayage une brassée d'ensembles de sous-vêtements de luxe, Youri avait fait un clin d'œil à Victoria. Un instant plus tard, la blonde était ressortie et avait nonchalamment jeté les articles sur le comptoir, avec un mouvement du menton. Youri s'était levé de son fauteuil et avait tendu sa carte American Express. Il tenait aussi un petit papier avec un smiley et un numéro de téléphone.

Une fois le couple parti, Victoria avait regardé ces chiffres et compris qu'ils étaient la chance de sa vie. Elle avait beau être bien contente d'avoir un travail, elle en avait assez de servir des millionnaires cassantes pour un salaire qui couvrait tout juste son loyer et sa nourriture. Dans des boîtes de nuit d'Iekaterinbourg, elle avait vu des hommes comme Youri flamber en une soirée plus qu'elle ne gagnait en un an. Leurs femmes pouvaient à peine marcher sous le poids des diamants et des bijoux en or qui ornaient leurs corps frêles. Quelque part au fond d'elle-même, elle avait toujours su qu'elle serait un jour l'une d'entre elles et, en voyant Youri incapable de la quitter des yeux, elle avait compris que son heure était venue. Mais son séjour dans le cercle des gangsters d'Iekaterinbourg ne devait pas être une excursion de courte durée – les hommes comme Youri changeaient de femme chaque mois – non, elle allait jouer les bonnes cartes.

Quatre jours passèrent avant qu'il ne se pointe à nouveau. Depuis sa première visite à la boutique, elle s'était mise à passer de plus en plus de temps devant le miroir le matin. Cette fois, il venait sans Ivana, accompagné d'un seul garde du corps. Il portait un paquet. Sans quitter Victoria du regard, il s'était dirigé vers la caisse en le brandissant.

"Vous n'avez pas été satisfait ?" avait demandé Victoria avec un sourire taquin. Elle avait sorti un des strings du paquet. "Il faut une vraie femme pour porter ça. Malheureusement, nous ne reprenons pas les sous-vêtements. Dites à votre épouse de faire plus attention en essayant, la prochaine fois.

— Vous n'avez pas appelé, avait-il dit.

— Appelé ?" Victoria avait l'air étonnée. "Qui aurais-je dû appeler, selon vous ?"

Youri avait souri en coin.

"Dînez avec moi. Ce soir ?

— Dîner ou non, vous ne pouvez pas échanger ces sous-vêtements, désolée. C'est notre politique.

— On s'en fiche, de ces sous-vêtements. C'est vous que je veux voir.

— Je travaille, comme vous voyez."

Victoria avait senti son cœur s'emballer. Allait-elle trop loin ? Elle s'apprêtait à accepter quand Youri avait saisi le téléphone de la caisse.

“Le numéro de votre chef ?”

Victoria le lui avait donné. Il s’était présenté, déclinant nom et prénom. Elle avait entendu la voix étonnée de son chef avant que Youri ne se détourne et ne s’éloigne un peu, téléphone à l’oreille. Quelques minutes plus tard, il était revenu vers elle.

“Très bien, c’est donc d’accord, je demande à mon avocat de vous envoyer le contrat. Au revoir.”

Après avoir raccroché, Youri lui avait rendu le téléphone.

“Je viens d’acheter la boutique. Les horaires viennent de changer et vous terminez dans cinq minutes.”

Victoria fut tirée de ses souvenirs par un brusque coup de coude de Malte.

“Ils ne servent plus à table, va chercher deux bières”, lui intima-t-il en indiquant le bar.

15

INGRID STEEN

Tommy ne se montra pas au rendez-vous avec l'institutrice comme il l'avait promis. Ingrid se retrouva seule, recroquevillée sur un des petits bancs de la classe, tandis que la maîtresse, Birgitta, prenait place en face d'elle.

Ingrid avait du mal à mettre de l'ordre dans ses idées après sa dernière conversation avec Tommy. Comment pouvait-il faire preuve d'un tel manque d'empathie ? Les femmes de son journal étaient terrorisées par ces deux reporters depuis des temps immémoriaux. Et personne n'y faisait rien. Au lieu de ça, Tommy allait se pavaner sur les plateaux télé pour parler égalité homme-femme et se faisait mousser en se frappant la poitrine pour avoir fait entrer une femme dans l'équipe dirigeante de la rédaction. C'était un hypocrite. Et Ingrid elle-même était encore plus hypocrite de l'épauler.

“Attendons-nous le rédacteur en chef ? demanda Birgitta en lorgnant la porte.

— Pas la peine. Malheureusement, il n'a pas pu se libérer de ses obligations au journal”, répondit mécaniquement Ingrid. Combien de fois, ces dernières années, s'était-elle entendue répéter la même phrase ? Pourquoi continuait-elle à protéger ce salaud infidèle ? Cette vieille peau voulait peut-être elle aussi faire partie de son harem ?

“Comme c’est dommage, dit Birgitta. Mais je comprends, bien évidemment. Il fait un travail très important, avec toutes ces horreurs qui se passent dans le monde.” Ingrid ne répondit pas. Birgitta n’en finissait pas de tresser des lauriers à Tommy. “J’ai lu son éditorial dimanche dernier. Comme il écrit bien. Quelle émotion. Vous devez être si heureuse et fière.”

Ingrid dut se faire violence pour ne pas lever les yeux au ciel. Elle se tortilla tant sur place que le pied de sa chaise racla le sol.

“On commence ?

— Bien sûr, chère amie”, dit Birgitta en frappant dans ses mains. Elle jeta un coup d’œil à la feuille posée devant elle. “La petite Lovisa tient de son père et de sa mère pour l’intelligence et la beauté. Elle est brillante dans toutes les matières et…”

Ingrid s’installa dans la voiture. Elle ne pouvait pas laisser ça continuer, il fallait qu’elle fasse quelque chose. Elle bouillait de colère. Elle sortit son téléphone et envoya un SMS à sa baby-sitter, en lui demandant de rester deux heures de plus. Sans attendre de réponse, elle se dirigea vers la rédaction d’*Aftonpressen*, en centre-ville.

Après avoir tourné quelques minutes à la recherche d’une place de stationnement, elle se lassa, se gara sur une zone de livraison et coupa le moteur. Elle franchit les portes coulissantes et s’avançait vers le tourniquet quand elle s’avisa qu’elle n’avait pas de passe. Elle fit demi-tour et se présenta à la réceptionniste.

“Je viens voir le rédacteur en chef, Tommy Steen.”

La réceptionniste hocha la tête.

“Vous avez rendez-vous ?

— Je suis sa femme.”

La fille derrière son comptoir afficha un sourire gêné.

“Désolée, il faut un passe ou un rendez-vous. C’est la règle. Vous pouvez peut-être l’appeler pour lui demander de descendre vous chercher ?”

Ingrid se pencha et la cloua du regard :

“Vous allez m’ouvrir, tout de suite. Compris ?”

La femme ouvrait la bouche quand Ingrid entendit appeler son nom. Elle fit volte-face. Une de ses anciennes collègues, Mariana Babic, l’embrassa affectueusement.

“Tu viens voir Tommy ? demanda-t-elle.

— C’était mon intention.

— Dommage. J’espérais un come-back – mais tu aurais déjà un passe évidemment. Viens avec moi.”

Mariana fit glisser deux fois son badge dans le lecteur pour faire entrer Ingrid. Dans l’ascenseur, Ingrid ne pensait qu’à une seule chose : Mariana était-elle au courant de la liaison de Tommy ? Elles étaient arrivées au journal ensemble, s’étaient beaucoup fréquentées, même hors du travail, et maintenant Mariana était chef du service politique, une des dirigeantes du journal. Ingrid se sentait inférieure, empotée et confuse, tandis que Mariana l’assaillait de questions. Y avait-il une pointe de pitié sur le visage de cette dernière ?

Les portes de l’ascenseur s’ouvrirent, elles en sortirent.

“Je n’ai pas besoin de te montrer où est son bureau ? dit Mariana en riant.

— Je vais trouver.”

Mariana la dévisagea avec gravité.

“Ce serait… on pourrait se voir un de ces jours. Si tu veux ?

— Bien sûr, répondit Ingrid, même si elle savait que Mariana disait ça surtout pour être aimable.

— Très bien. À plus, alors.”

Elle se pencha pour embrasser Ingrid avant de disparaître au bout du couloir. Ingrid se dirigea vers le bureau de Tommy. Elle reconnut quelques personnes qu'elle salua rapidement sans s'arrêter. Elle passa devant le service culture et traversa le plateau central, le cœur du journal.

Le bureau vitré de Tommy était placé de façon à lui donner une vue d'ensemble sur la salle de rédaction. Les pieds sur sa table, concentré, il tapait sur l'ordinateur posé sur ses cuisses. Elle toqua et entra. Il leva les yeux, étonné, peu de ses employés entraient sans attendre sa réponse.

"Que fais-tu ici ? Lovisa va bien ?

— Oui, ne t'inquiète pas."

Ingrid referma la porte derrière elle, tandis que Tommy se redressait et écartait son ordinateur. Elle s'assit sur un des deux fauteuils en face de lui.

"Que va-t-il se passer avec Ola Pettersson et Kristian Lövander ?" demanda-t-elle.

Tommy la dévisagea, interloqué.

"Comment ça ?

— Ce sont des accusations graves qui ont été portées contre eux.

— Mais putain qu'est-ce qui te prend de débarquer ici pour me parler de ça ? Je pensais m'être clairement expliqué l'autre jour."

Ingrid tourna la tête et balaya des yeux la salle de rédaction. Puis regarda à nouveau Tommy.

"Lors d'une de mes premières fêtes d'été au journal, Ola Pettersson a glissé ses doigts sous ma jupe en disant qu'une des obligations d'une stagiaire était d'être « essayée » par lui. Il avait quarante ans, moi vingt-trois."

Tommy la considéra, l'œil vide, sans réagir. Elle se demandait comment il avait séduit la jeune journaliste qu'elle avait entendue le sucer dans la voiture. Elle venait peut-être de croiser cette femme.

"C'est un idiot, mais…

— Mais quoi, Tommy ? C'est un idiot, mais il a reçu de grands prix de journalisme et donc il a le droit de tripoter la chatte des filles ? Et Kristian Lövander ? Son Stylo d'Or lui donne le droit de traiter les petites stagiaires de salopes ? C'est un avantage en nature qui va avec son salaire ?

— Du calme, tu sais très bien que ce n'est pas ce que je veux dire.

— Et qu'est-ce que tu veux dire, alors ?"

Tommy soupira. Il passa sa main sur sa barbe de trois jours.

"Vire-les. Comment voulez-vous être crédibles si vous ne commencez pas par faire le ménage chez vous ?" dit-elle en serrant les poings. Elle inspira à fond. "Putain, tu es un foutu hypocrite, un foutu lâche hypocrite, voilà ce que tu es !" cria-t-elle.

Tommy sursauta.

"Qu'est-ce qui te prend ? Calme-toi."

Il jeta un regard inquiet par-dessus l'épaule d'Ingrid et salua de la main avec une gaieté feinte une personne qui passait.

"Si ces deux porcs n'ont pas été virés d'ici quarante-huit heures, j'irai raconter à *Sveriges Nyheter* mes souvenirs des frasques d'Ola Pettersson, noms et photos à l'appui.

— Tu ne ferais jamais ça", dit Tommy. Elle vit son visage virer au rouge. L'instant d'après, il explosa. "Tu n'es pas déloyale à ce point, tu nuirais au journal, tu me nuirais."

Il se leva si brusquement que son fauteuil se renversa avec fracas.

Loyauté ? Qui était-il pour lui parler de loyauté ? L'hypocrite. Ingrid ouvrit la bouche pour lui crier qu'elle savait tout sur son infidélité, mais se ravisa. Elle serra les poings et inspira à fond.

#MeToo. Les règles du jeu avaient changé, elle allait jouer finement. Tommy la regardait, furieux. Son visage était cramoisi.

"Ces gros porcs doivent avoir quitté la rédaction d'ici quarante-huit heures", dit-elle lentement avant de se lever.

Elle quitta le bureau, tremblante de colère. Elle traversa la rédaction le visage fixé droit devant elle, sans saluer personne.

16

VICTORIA BRUNBERG

Malte ronflait à côté d'elle. Le moindre pore de son corps lourd dégageait une écœurante odeur d'alcool. Victoria posa les pieds par terre, ouvrit la fenêtre encore plus grand avant de se remettre sous la couette. Trois minutes plus tard, elle se leva une nouvelle fois. Malte se lèverait tard le lendemain. Si elle partait en voiture, roulait jusqu'à Stockholm et de là prenait le ferry pour Saint-Pétersbourg, il ne la retrouverait pas. Tout ce dont elle avait besoin était un passeport et quelques milliers de couronnes pour l'essence et le billet de bateau. Elle pourrait s'installer dans une petite ville au bord de la Baltique où personne ne la connaîtrait, prendre un emploi dans une boutique, recommencer de zéro.

Tout valait mieux que d'être l'animal de compagnie de Malte.

Victoria se glissa dans l'entrée et descendit au sous-sol. Elle regarda autour d'elle. Malte rangeait les choses de valeur dans un petit coffre-fort, il devait aussi y garder du liquide. Son cœur tambourinait dans sa poitrine, elle se sentait exaltée, pleine d'énergie.

Elle allait partir d'ici. Enfin. Elle commença à chantonner la mélodie de l'hymne national russe tout en pêchant les clés dans le pot de fleurs. Elle aperçut les champs gris au-dehors, plongés dans un épais brouillard.

Elle alla ouvrir le coffre-fort. Son passeport bordeaux était tout au fond et elle trouva trois mille couronnes dans une enveloppe. Elle prit l'argent et fourra le passeport dans la poche arrière de son jean. Elle enfila un épais blouson et regarda autour d'elle dans l'entrée. Elle n'avait besoin de rien d'autre, elle ne voulait garder aucun souvenir de cette maison.

D'habitude, les clés de la voiture étaient accrochées à un clou. Victoria chercha à tâtons, mais il n'y avait rien.

17

INGRID STEEN

Ingrid regardait fixement la femme sur l'écran de son ordinateur portable.

Elle s'était connectée sur le site Aftonpressen-TV pour avoir les dernières nouvelles du mouvement #MeToo et soudain – cette voix. La même qui pouffait sur l'enregistrement, dans la voiture de Tommy. Et maintenant : les mêmes lèvres qui lui avaient sucé la bite. Ingrid fit un arrêt sur image et se pencha en avant. La présentatrice Julia Wallberg était blonde, avait de grands yeux verts et des lèvres dignes d'une publicité pour cornets de glace. Elle était extrêmement belle. Et jeune. Quel âge ? Ingrid alla sur Wikipédia. Vingt-cinq ans. Elle avait connu une ascension éclair, désignée cette année parmi les personnes de moins de trente ans les plus influentes de Suède. Ingrid l'avait-elle aperçue, plus tôt dans la journée, à la rédaction ? Non, elle se faisait des idées. Elle chercha le compte Instagram de Julia. 22 000 *followers*. Des photos en studio, au bar, en terrasse l'été.

Une photo de Palma de Majorque. Tommy s'y était lui aussi rendu en juillet, avec un ami d'enfance. Ingrid se leva, alla vérifier l'agenda sur l'ordinateur près du réfrigérateur. Ils y avaient été en même temps. Depuis quand cette liaison durait-elle ? Elle fit à nouveau défiler le flux Instagram. Écarquilla les yeux en voyant que

Julia Wallberg venait de poster, quelques secondes plus tôt seulement, une photo prise à la Taverna Brillo.

Ingrid fila à l'étage vérifier que Lovisa dormait, passa à la salle de bains se maquiller en vitesse, enfila un pull, prit son blouson et verrouilla la porte de la maison derrière elle.

18

VICTORIA BRUNBERG

Vingt minutes plus tard, Victoria n'avait toujours pas trouvé les clés de la voiture. Elles n'étaient dans aucun des blousons, ni dans la commode de l'entrée. Elle inspira à fond. Pouvaient-elles être dans le jean de Malte, dans la chambre ? Il avait beau dormir profondément, elle n'avait pas trop envie de tenter le diable en fouillant si près de lui. Elle abaissa la poignée de la porte et plissa les yeux dans le noir. La puanteur chaude de bière et de sueur lui sauta à la figure. Elle ôta ses chaussures.

"C'est la dernière fois", articula-t-elle sans bruit en russe avant d'entrer le plus discrètement possible. Malte ronflait. Les yeux de Victoria s'habituèrent rapidement à l'obscurité : le jean pendait au dossier d'une chaise, près de la fenêtre. Elle passa doucement la main sur l'étoffe. Les clés tombèrent sur le sol avec un bruit sourd. Victoria sursauta, puis se figea, retenant son souffle. Elle regarda vers Malte qui avait cessé de ronfler. Il marmonna quelque chose. Dormait-il toujours, ou était-il réveillé ? L'air vicié, pauvre en oxygène, lui brûlait les poumons. Victoria ouvrit la bouche pour expirer le plus silencieusement possible. Inspira à nouveau et se pencha. De la main, elle inspecta à tâtons les lattes du plancher, toucha un objet métallique et referma les doigts sur les clés. Elle les serra fort pour les empêcher de tinter. Avec une grimace, elle se mit ensuite à plat ventre et rampa le long du lit vers la porte.

19

INGRID STEEN

Ingrid avait pendu son sac à main et son manteau à un crochet sous le bar et commandé un gin tonic. La Taverna Brillo était pleine de jeunes gens branchés en tenues hype. Dans le miroir, derrière le barman, elle avait une vue complète sur la salle, dans son dos. Julia Wallberg occupait une table ronde avec deux amies. Elle portait un chemisier blanc et une jupe bleu marine. De temps à autre, quelqu'un venait les voir, échangeait quelques mots et finissait en prenant un selfie avec Julia. Elle riait, avait l'air de s'amuser, était aimable avec ceux qui l'abordaient – même si Ingrid ne pouvait pas entendre ce qui se disait. Cachant d'une main l'écran de son téléphone, elle ouvrit un moteur de recherche et y inscrivit le nom de Julia. Elle pouvait toujours s'occuper en glanant quelques informations. Le problème était qu'elle n'avait pas la moindre idée de ce qu'elle ferait ensuite. Se confronter à Julia ? Lui demander comment elle avait eu le cœur de se laisser entraîner dans une liaison avec un homme marié ?

Julia Wallberg, lut-elle, avait grandi à Borås, mais avait déménagé à Stockholm pour entrer à l'université populaire de Kaggeholm. Parallèlement à ses études, elle avait animé une chaîne YouTube sur la politique, qui l'avait fait repérer par *Aftonpressen*. Elle vivait sur Bergsunds Strand, dans le quartier de Hornstull.

Les mains d'Ingrid tremblaient. Elle leva les yeux vers la jeune femme tout en buvant une gorgée de son cocktail. Savait-elle à quoi ressemblait Ingrid ? Il était temps d'en avoir le cœur net. Elle rectifia sa coiffure dans le miroir, prit son sac et son manteau et se leva. Elle passa devant la table de Julia en regardant droit devant elle.

Elle tenait son iPhone discrètement dirigé vers la tablée. Elle obliqua sur la gauche et alla s'enfermer aux toilettes. Inspira à fond. Le cœur battant, les jambes en coton. Les mains tremblantes, elle regarda le film. Elle sourit en voyant la réaction de Julia : la jeune journaliste écarquillait les yeux, donnait un coup de coude à son amie en faisant un signe de tête vers Ingrid. Ingrid s'assit sur la cuvette, fit quelques gouttes tout en réfléchissant au coup suivant. Elle était absente de la maison depuis deux heures, il était tout juste onze heures passées, elle aurait dû rentrer. Mais curieusement, elle voulait rester à proximité de Julia. Elle ressortit discrètement des toilettes, regagna le bar par un autre chemin – juste à temps pour voir Julia prendre congé de ses amies. Ingrid attendit trente secondes avant de la suivre dehors.

Il pleuvait à verse.

Ingrid courut vers sa voiture, garée près du parc Humlegården. Au moment où elle se jetait derrière le volant, son portable bipa. Elle mit le contact, s'engagea sur Birger Jarlsgatan tout en lisant le message de Tommy.

Tu es à la maison ?

Elle sourit. Julia avait appelé Tommy, lui avait raconté qu'elle avait vu sa femme au bar.

Tandis qu'elle empruntait Kungsgatan en direction de Centralbron, elle répondit :

Où veux-tu que je sois ?

Ingrid sourit, posa le téléphone sur le siège passager et se concentra sur la conduite. Les essuie-glaces battaient frénétiquement sous les trombes d'eau. Avec un peu de chance, elle arriverait chez Julia la première.

20

VICTORIA BRUNBERG

Victoria prit un tee-shirt et deux pantalons dans la corbeille à linge sale et les fourra dans un sac plastique. Les vêtements étaient froissés, sentaient le renfermé, mais ça lui ferait un change. Elle n'osait pas retourner dans la chambre pour fouiller dans le placard. Dans le garde-manger, elle prit deux boîtes de thon, jeta un ouvre-boîte dans le sac et remplit d'eau une bouteille en plastique. L'argent pris dans le coffre-fort était tout ce qu'elle avait, il faudrait qu'il dure le plus longtemps possible.

Elle regarda autour d'elle dans le noir. Avait-elle oublié quelque chose ? Ses chaussures à la main pour ne pas faire de bruit inutilement, elle se dirigea vers la porte intérieure qui donnait sur le garage. Elle l'ouvrit délicatement, mit ses chaussures et se baissa pour les lacer. Il faisait sombre, l'air était chargé de vapeurs d'essence et de relents d'huile.

Victoria avança à tâtons, introduisit la clé dans la serrure et ouvrit la portière. Elle jeta le sac à l'intérieur et s'installa au volant. Elle n'avait pas le permis, mais Youri lui avait appris à conduire. Une BMW, pas une vieille fourgonnette Renault, mais quand même. Elle y arriverait. Elle appuya sur la télécommande de la porte du garage. Une bande de lumière provenant des réverbères apparut, de plus en plus large, devant le capot.

Victoria allait mettre le contact quand elle perçut un mouvement derrière elle. La porte donnant sur la maison venait d'être ouverte. Malte. Ce devait être Malte.

"Putain de bordel !" hurla-t-il.

Elle tâtonna avec la clé, parvint à l'introduire dans le contact et la tourna.

Le moteur toussa. Au même moment, Malte ouvrit d'un coup la portière.

21

INGRID STEEN

Il pleuvait toujours à verse. Bergsunds Strand était à peu près désert. Ingrid s'était garée en double file à vingt-cinq mètres du porche de Julia Wallberg, mais la jeune journaliste ne s'était pas encore pointée.

S'était-elle trompée ? Julia ne comptait peut-être pas rentrer tout de suite. Ingrid se souvenait comment il lui était elle-même arrivé, autrefois, de se rendre directement à la rédaction en sortant de boîte.

Elle fut tirée de ses pensées par l'apparition d'un homme dans la rue. Il tenait un grand parapluie rouge qui lui cachait le visage. Un instant, Ingrid fut persuadée que c'était Tommy, mais l'homme dépassa le porche et sa voiture en continuant vers Långholmen.

Ingrid remit le moteur en route, éteignit les phares pour ne pas attirer l'attention et augmenta le chauffage dans l'habitacle. Elle souffla de l'air chaud sur ses mains gelées. Que ferait-elle à l'arrivée de Julia ? Et si elle n'était pas seule, si elle était avec Tommy ? Sortirait-elle pour se confronter à eux ? Crier, pleurer ? Maudire leur trahison, les mensonges de Tommy ?

Deux personnes approchaient, enlacées sous un grand parapluie. Tommy et Julia. Ingrid les regarda fixement. Elle crispa ses mains plus fort sur le volant. En hyperventilation, elle desserra le frein à main, passa la première et accéléra droit sur eux.

Les façades défilaient autour d'elle.

Tommy et Julia traversaient, ils n'avaient pas encore vu la voiture qui leur fonçait dessus tous feux éteints.

22

VICTORIA BRUNBERG

Malte jeta son corps informe sur elle en tentant d'atteindre la clé dans le contact. Victoria enfonça la pédale de l'accélérateur, mais la voiture ne bougea pas. Ils comprirent au même moment que le frein à main était toujours serré.

Malte fut le plus rapide. Il cria et frappa Victoria à la poitrine. Elle hurla, tenta de lui mordre le dos. Il finit par atteindre la clé, l'arracha, et le moteur se tut.

Il s'extirpa de l'habitacle. Les mains appuyées sur les genoux, il respirait bruyamment. Victoria appuya sa tête sur le volant. Elle était si près du but. Terriblement près. Au bout d'une minute, elle sentit sur elle son regard haineux.

"Et moi qui croyais que c'était un cambrioleur", dit-il, encore essoufflé. Victoria ne répondit rien. "Alors comme ça, tu voulais te barrer ?"

Victoria le dévisagea, furieuse.

"Je ne veux plus rester ici. Je veux divorcer. Mon pays me manque."

Pendant une seconde, Malte parut surpris, comme sur le point de lui prendre la main, de la tapoter en disant "Je comprends". Mais l'expression d'étonnement céda aussitôt la place à la colère.

Il se redressa, avança d'un pas et saisit le bras de Victoria pour la tirer hors de la voiture.

"Espèce de sale pute gâtée ! cria-t-il en la jetant contre la portière arrière. Tu voulais te barrer ? Me planter, après tout ce que j'ai fait pour toi ?"

Il la regarda fixement, puis s'avança et la plaqua contre la voiture, l'avant-bras appuyé sur son cou. Victoria n'arrivait plus à respirer.

"Lâche-moi, s'il te plaît, lâche-moi !" siffla-t-elle.

Tout se mit à tourner, des points rouges dansaient sur sa rétine.

Victoria comprit qu'elle allait mourir.

"J'ai été trop gentil avec toi", dit Malte en la regardant droit dans les yeux.

Victoria tenta de répondre, de demander pardon, mais seul un gargouillis s'échappa de sa bouche. L'instant suivant, elle perdit connaissance.

23

INGRID STEEN

Ils allaient être fauchés par la voiture et mourir. Et elle s'en irait, prendrait à droite le pont vers Liljeholm et disparaîtrait. Ça passerait pour un délit de fuite. Un chauffard ivre qui avait par hasard mis fin à la vie du rédacteur en chef et d'une présentatrice star en pleine ascension. Tandis qu'elle fonçait sur Tommy et Julia, Ingrid s'imagina à l'église, en noir, avec une voilette, recevant dignement les condoléances.

Le compteur indiquait soixante-treize kilomètres-heure, il restait une vingtaine de mètres.

Tommy leva les yeux, se figea. La bouche de Julia forma un cri.

Au même instant, Ingrid réalisa son erreur. Le GPS. Combien de podcast de polars n'avait-elle pas écouté où l'alibi du ou des meurtriers tombait à cause de la technologie ? Même si Ingrid affirmait à la police qu'elle était chez elle et nettoyait tout le sang sur la voiture, ils passeraient chaque détail au crible. Surtout quand il s'avérerait que Tommy était en compagnie de sa maîtresse. Elle irait en prison. Au dernier moment, elle dévia de quelques degrés vers la droite.

La voiture dérapa, frôla le corps de Tommy.

Ingrid redressa le véhicule, les roues agrippèrent l'asphalte glissant et elle accéléra. Dans le rétroviseur, elle vit Tommy et Julia la suivre des yeux.

Maintenant, il savait qu'elle savait.

Comment allait-il réagir ?

Le feu était rouge, mais aucune autre voiture n'était en vue. Ingrid tourna à droite vers le pont de Liljeholm. Elle se demandait s'il allait l'appeler, ou attendre qu'ils se voient. Resterait-il chez Julia pour se calmer, réfléchir à la suite ? Et elle, qu'allait-elle faire ?

Divorcer ? Chercher un emploi de journaliste ? Dans ce monde numérique, elle n'était plus particulièrement intéressante sur le marché du travail. Elle n'avait même pas de compte Twitter. Mais Ingrid devrait subvenir à ses propres besoins. Le contrat de mariage était absolument clair : elle n'aurait pas un centime de Tommy en cas de divorce. Allait-il l'abandonner, fonder une famille avec Julia ? Elle était jeune, voudrait sûrement des enfants. Elle doubla un poids lourd sans clignoter, se rabattit sur la file de droite. Non, le divorce n'était pas une option. Elle avait beau tourner et retourner le problème dans tous les sens, il fallait que Tommy meure. Pour payer ce qu'il lui avait fait, et pour que Lovisa et elle ne soient pas condamnées à s'étioler dans une location en banlieue.

24

BIRGITTA NILSSON

Il y avait au grenier une maison de poupée avec laquelle Birgitta avait joué enfant, et qu'elle prévoyait de donner à la fille qu'elle n'avait jamais eue. Quand les jumeaux étaient petits, elle l'avait malgré tout descendue pour qu'ils puissent s'amuser avec. Mais quand Jacob était rentré du travail, il avait été furieux.

"Tu ne veux quand même pas en faire des pédés ?" avait-il crié en renversant la maison de poupée. Birgitta avait dû la remonter en hâte au grenier, sans quoi il en aurait fait du petit bois. Pendant ce temps, il avait emmené les garçons dehors, munis de leurs crosses de hockey.

Birgitta passa le plat de la main sur le toit de la maison miniature. Quand il fut clair qu'elle n'aurait plus de fille, elle avait décidé de la léguer à ses petits-enfants, mais il était désormais peu probable qu'elle soit un jour grand-mère. C'était dommage. Elle était persuadée qu'elle aurait fait une bonne mamie, du moins meilleure que la mère qu'elle avait été.

Birgitta donna une dernière tape à la maison de poupée et redescendit précautionneusement. Mère, elle l'était toujours. Sa responsabilité vis-à-vis des enfants n'était pas encore terminée. Sans la contribution mensuelle de Jacob, ils ne s'en sortiraient pas. Mais en vérité il était de plus en plus difficile de les soutenir financièrement. Le cabinet d'expertise comptable de Jacob, en façade respecté et prospère, connaissait de grosses difficultés. Birgitta savait que Jacob avait "emprunté" de l'argent à des clients pour l'investir dans divers projets. Les bénéfices attendus n'avaient pas été au rendez-vous. Certains investissements avaient même été à perte. Ce n'était qu'une question de temps avant que cela n'éclate au grand jour. Jacob aurait alors des ennuis, irait probablement en prison. Birgitta aurait pu supporter de quitter la maison, de vivre en appartement – de réduire ses dépenses pour pouvoir verser chaque mois quelques billets de mille aux garçons. Mais maintenant ? Elle allait mourir, Jacob serait poursuivi. Pauvres garçons.

La solution aurait été de commencer à déclarer les biens immobiliers et les voitures au nom de Birgitta ou des enfants, mais Jacob avait refusé. Maintenant, c'était à Birgitta de trouver comment résoudre tout ça, et vite.

Elle prit le bus jusqu'à l'école, se rendit à la bibliothèque et alluma un des ordinateurs. Ouvrit une session invité et se connecta à Google.

25

VICTORIA BRUNBERG

La pièce au sous-sol était plongée dans le noir.

Quand elle tentait de parler, il ne sortait qu'un râle, sa gorge se serrait douloureusement, un peu comme quand, petite fille, elle avait eu une angine. Même pleurer lui faisait mal. Le soir précédent, elle avait cru mourir, l'avant-bras de Malte sur son cou.

Avant de perdre connaissance, elle s'était demandé combien de femmes à travers l'Histoire avaient fini leur vie avec la même vision : l'homme qu'elles avaient épousé, penché sur elles, le visage déformé, en train de les étrangler.

Quand elle était revenue à elle sur les dalles froides du garage, elle avait profondément inspiré l'air chargé de vapeurs d'essence et était restée là deux heures encore, avant de rentrer en titubant dans la maison.

Elle s'était promis de ne pas être une de ces femmes. Malte n'aurait jamais l'occasion de mettre fin à sa vie. Ni lui, ni aucun autre. Mais elle avait besoin d'aide.

26

INGRID STEEN

Il fallut trois jours à Tommy pour se montrer à nouveau à la maison. Jusqu'à l'instant où il franchit la porte, Ingrid consacra tout son temps à peaufiner le projet qui s'était fait jour en elle.

Quand elle entendit la porte d'entrée s'ouvrir, elle resta calmement assise à la table de la cuisine. Tommy glissa la tête dans la pièce, la regarda et entra lentement. Reste calme, pensa Ingrid. Tout dépend de ton calme.

Tommy tira une chaise. Soigneusement, comme d'habitude, en la soulevant quelques centimètres au-dessus du sol pour que les pieds ne fassent pas de bruit. Il s'assit, cloua Ingrid du regard. Elle attendit quelques secondes. Elle avait promis de l'aimer pour le meilleur et pour le pire, jusqu'à ce que la mort les sépare – et elle avait l'intention de tenir cette promesse.

Tommy se racla la gorge.

“Depuis combien de temps tu le sais ? demanda-t-il.

— Quelques semaines, répondit tout bas Ingrid.

— Pourquoi… pourquoi n'as-tu rien dit ?

— Qu'est-ce que j'aurais dû dire, Tommy ?

— Quelque chose. N'importe quoi. Au lieu de quoi tu as essayé de… de me tuer, dit-il en secouant lentement la tête.

— Je n'avais pas l'intention de te tuer. Ou de la tuer. J'étais juste tellement triste, en colère.

— Et maintenant ?

— Surtout triste." Ingrid glissa l'ongle sur la table. "Tu vas me quitter ?"

Tommy avança sa main, la posa sur la sienne. Elle était grande et chaude. De petits îlots de poils poussaient en désordre sur ses phalanges. Autrefois, quand ils étaient plus jeunes, elle l'avait aidé à les épiler à la cire.

"Je ne vois pas comment nous pourrions surmonter ça."

Ingrid serra sa main.

"Lovisa a besoin de toi, *nous* avons besoin de toi, dit-elle en se blindant. Tu ne peux pas nous quitter maintenant. Reste avec elle, mais sois discret. Je suis consciente que je n'ai pas été facile à vivre."

Tommy cligna des yeux, incrédule.

"Tu veux dire que Ju… que c'est OK ?"

Ingrid hocha la tête.

"Pour le moment, si c'est ça que tu veux. Mais fais en sorte que personne n'en sache rien. Je peux vivre avec ça si ça signifie que tu restes là pour moi."

Tommy avait du mal à cacher son impression d'avoir tiré le gros lot.

Pauvre type, pensa Ingrid. Pauvre raclure pathétique.

DEUXIÈME PARTIE

Trois semaines plus tard.

27

INGRID STEEN

Ingrid se gara sur une place réservée aux livraisons devant le Garnisonen Konferens. Elle se retourna, Lovisa était absorbée par son iPad.

"Maman revient tout de suite", dit-elle.

Elle ouvrit la portière et vérifia qu'il n'y avait pas d'agent de police dans les parages. Une classe d'enfants munis de gilets jaune fluo passa. Ingrid poussa la porte du bureau de poste et laissa sortir une dame âgée tandis qu'elle examinait le plafond. Pas de caméras, à première vue. Au fond, cela n'avait pas d'importance. Elle venait juste chercher une enveloppe dans une boîte postale. Numéro 1905. Elle l'avait facilement mémorisé : l'année où la Norvège avait déclaré son indépendance de la Suède. Elle tourna vers la droite et s'arrêta devant la longue rangée de boîtes métalliques. Sur le point d'ôter ses gants en cuir, Ingrid se ravisa. Une fois la bonne boîte trouvée, elle sortit la clé de son sac et l'introduisit dans la serrure. Tourna. À l'intérieur, il y avait deux enveloppes. Elle les sortit, mais remit celle qui portait l'inscription *Trois*, d'une écriture tremblante. Ingrid était numéro deux, le mois dernier comme celui-ci.

Elle se demandait qui étaient les deux autres femmes. Mieux valait ne pas trop y réfléchir : comme elle, elles devaient sûrement avoir leurs raisons, se dit-elle.

Ces derniers temps, Tommy découchait deux ou trois soirs par semaine. Elle se demandait bien comment il avait expliqué la situation à Julia. Elle devait penser qu'Ingrid était désespérée pour permettre à son mari un tel arrangement. Peut-être riaient-ils d'elle ? Cela n'avait pas d'importance.

Elle mit l'enveloppe dans son sac, referma la boîte et sortit du petit bureau de poste. Lovisa leva à peine la tête quand Ingrid ouvrit la portière et s'installa au volant.

“On rentre à la maison, ma chérie.

— Papa est là, ce soir ?”

Ingrid secoua la tête.

“Non, pas ce soir. Mais demain, il a promis de rentrer du travail.”

28

BIRGITTA NILSSON

Dans le coffre de la voiture de location, il y avait un câble de cinq mètres de long et une bombe de peinture de couleur noire. Elle avait en outre acheté une boîte à outils de base, avec tournevis et marteau. Pourtant, Birgitta avait l'impression de transporter des explosifs ou des kilos de drogue. Depuis Stockholm, elle avait roulé en respectant scrupuleusement les limitations de vitesse – ce qui ne l'empêchait pas de regarder toutes les trois secondes dans le rétroviseur, s'attendant à voir surgir à tout moment un gyrophare bleu.

La lettre, qu'elle avait brûlée après l'avoir relue plusieurs fois, était écrite dans un mauvais suédois. Comme les premiers appels à l'aide désespérés sur lesquels elle était tombée sur le forum internet *Vie de famille*.

Certes, elle allait tuer un homme, mais en même temps libérer une femme. La somme de ses actes serait positive. Et ensuite quelqu'un la délivrerait, elle. Elle jouissait de cette impression de liberté : quel plaisir de rouler sans personne pour commenter sa conduite. Jacob ne la laissait prendre le volant que quand il était fatigué. Au début, il était même opposé à ce qu'elle passe son permis.

Vingt minutes plus tard, elle s'arrêta à un croisement après une station-service, et aperçut un panneau indiquant Heby. Sur sa droite, un supermarché ICA.

“À droite après ICA”, se répéta-t-elle en scrutant la nuit. Elle localisa la route et mit son clignotant. Elle quitta la petite agglomération et se retrouva au milieu d’une forêt sombre. La route était étroite. Quand arriva la première voiture en face, elle se demanda si la chaussée était assez large pour les deux véhicules. Ils se croisèrent en se frôlant d’affreusement près. Sept kilomètres et demi, puis l’autre panneau devait apparaître.

Elle espérait que la femme qu’elle devait sauver avait exécuté sa partie du plan. Sans quoi un innocent risquait d’être blessé. Birgitta ne savait pas ce qu’elle ferait si cela arrivait. Elle sentit ses mains devenir moites, et les essuya sur ses genoux. Il était 16 h 37. Elle accéléra autant qu’elle l’osait sur le revêtement glissant. Mieux valait être en avance qu’en retard. Elle espérait qu’il serait simple de trouver l’endroit et que les instructions de l’autre femme étaient précises.

29

VICTORIA BRUNBERG

Victoria allait et venait dans la cuisine. Elle aurait aimé une cigarette, mais elle les avait toutes fumées. Elle avait cent fois révisé le plan. Les choses pouvaient mal tourner, terriblement mal, mais il fallait qu'elle tente sa chance. Malte devait mourir et, si Victoria voulait éviter de passer ses prochaines années en prison, c'était le seul moyen.

Elle avait rempli sa partie du contrat, maintenant, cela dépendait de l'autre personne, qui devait déjà être arrivée dans les environs. Les arbres étaient discrètement marqués. La voiture était au garage, inutilisable et Malte allait d'un moment à l'autre enfiler son casque et enfourcher sa moto. Avec un peu de chance, il couperait par la forêt, comme c'était très souvent le cas quand il prenait sa bécane. Pourvu seulement qu'il ne se mette pas à pleuvoir. Elle avait entendu ses jurons au garage. Quand il était revenu en trombe dans la maison, Victoria avait trouvé qu'il la regardait d'un air soupçonneux. Elle se faisait des idées. Elle savait que Malte ne la pensait pas capable de saboter une voiture. Un peu de sucre dans le réservoir d'essence, et le tour était joué. Exactement comme sa mère le lui avait enseigné quand ce bon à rien d'Aleksandr, son camarade de classe, l'avait tripotée lors d'une boum, au début de son adolescence. La mobylette bleue dont il était si fier n'avait plus jamais démarré.

30

BIRGITTA NILSSON

Dans la forêt, on entendait les arbres craquer dans le vent. L'obscurité était compacte. À l'aide d'une lampe de poche, elle avait trouvé un foulard rouge attaché à un tronc. Birgitta regarda autour d'elle, sortit le sac du coffre et secoua la bombe de peinture. Elle allait appliquer la couleur sur le câble quand elle s'avisa qu'elle était trop près de la voiture. Pas de traces, songea-t-elle. Elle ferma alors la portière et s'éloigna un peu. Le travail avec la bombe fut rapide. Les vapeurs enivrantes de solvant la firent pouffer. Quand elle eut fini, elle éclaira le câble avec sa lampe, pour constater avec satisfaction qu'il n'y avait plus de reflets.

"Bien."

Elle consulta sa montre, plus que quelques minutes avant que l'homme arrive. Elle comptait attendre le dernier moment, pour éviter de blesser un innocent. D'un autre côté, il était hautement improbable que quiconque passe sur cette route. Aucune personne sensée ne prendrait volontairement sa moto par un temps pareil.

Elle tendit le câble, tira dessus pour l'éprouver et regagna sa voiture pour s'en aller.

Elle actionna la poignée de la portière. Fermée. Elle fouilla ses poches. Rien. Pas de clés.

"Non, pas maintenant. Tout, mais pas ça", haleta-t-elle.

31

VICTORIA BRUNBERG

Victoria Brunberg énuméra tous les points encore une fois. Constata à nouveau qu'elle n'avait rien oublié. Si sa sauveuse inconnue assurait sa partie et que Malte se comportait de façon aussi prévisible que d'habitude, elle n'aurait plus jamais à le supporter.

Elle sortit les ingrédients dont elle avait besoin pour préparer des boulettes de viande à la purée. En Russie, elle avait rêvé de devenir actrice, et avait intégré une troupe, qu'elle avait quittée avant de jouer la pièce inaugurale, quand elle avait compris que le premier rôle n'était pas pour elle.

À présent, d'ici quelques heures, ses talents d'actrice allaient sérieusement être mis à l'épreuve. Et ensuite, elle serait libre.

32

BIRGITTA NILSSON

Birgitta sentit la panique s'emparer d'elle. Où pouvait-elle avoir perdu les clés ? Elle fit demi-tour et revint sur ses pas à petites foulées tout en éclairant le sol avec sa lampe de poche.

"Oh non, oh non", chuchota-t-elle.

Pouvait-elle tout annuler ? Détacher le câble, rentrer chez elle et oublier tout ça ? Les autres femmes ne savaient pas qui elle était, elles ne pourraient jamais la retrouver. Mais dans ce cas, elle ne serait pas non plus débarrassée de Jacob. Qu'adviendrait-il des jumeaux quand elle pourrirait dans sa tombe ? Ils n'étaient pas assez forts, ils n'étaient pas préparés pour la vie.

Birgitta revint à la voiture, éclaira à travers la vitre. Les clés devaient être quelque part à l'intérieur. Elle dirigea sa lampe de poche vers le fossé qui longeait la route. Là. Elle ramassa une pierre, la soupesa, prit son élan, bras en arrière, et l'envoya de toutes ses forces contre la vitre côté passager.

Elle explosa dans une pluie d'éclats de verre.

Le trou était béant devant elle.

L'instant suivant, elle entendit le bruit d'un véhicule qui approchait.

Elle pivota. Sur la grand-route, un phare unique ralentit et tourna dans sa direction.

Elle jeta un dernier regard impuissant vers la voiture de location avant d'enjamber le fossé et de pénétrer dans la forêt. Le bruit de moteur augmentait. Elle se coucha derrière un rocher, le souffle court, vit la route s'éclairer devant elle. Elle ne voyait pas le câble, mais le véhicule approchait des deux arbres.

Plus que quelques mètres. Birgitta ferma les yeux. Quand elle les rouvrit, elle vit la moto s'engouffrer dans la forêt et s'écraser contre un arbre. Elle tendit le cou pour essayer de comprendre ce qui était arrivé au conducteur. Était-il encore en vie ? La forêt était silencieuse. Le bruit de ses pas retentissait tandis qu'elle s'approchait.

Le câble avait cédé.

Elle suivit les traces de roues sur la route puis vers la forêt.

Il était étendu devant un arbre. Son corps était tordu, ses jambes et ses bras pliés selon des angles bizarres, comme un bonhomme griffonné par un petit enfant.

"Mon Dieu ! murmura Birgitta. Mon Dieu !"

Elle s'approcha lentement de lui, tâtonna d'une main tremblante à la recherche de son téléphone. Le trouva, farfouilla un moment pour en allumer la lampe, mais abandonna. Elle éclaira le motard à la lumière blême de l'écran.

Un petit spasme du bras lui fit comprendre qu'il était toujours en vie. Du sang coulait de sous le casque, sur son pull. Elle éclaira plus bas. Une grosse branche lui sortait de la poitrine. Birgitta porta la main à sa bouche pour ne pas crier. Il fallait absolument qu'elle parte de là. Vite.

Vingt minutes plus tard, Birgitta paniquait. Elle avait réussi à rallumer la lampe de son téléphone, et avait cherché les clés partout dans la voiture. Force était de constater qu'elles n'y étaient pas. Elle se coucha sur le ventre, regarda sous la voiture. Partir à pied ? Impossible. L'agence de location avait son nom, la police se demanderait pourquoi elle avait quitté le lieu de l'accident. Elle pouvait toujours dire qu'elle avait perdu son portable et était partie chercher de l'aide. Non, trop tiré par les cheveux. Beaucoup trop. Et ils pourraient vérifier que le téléphone était bien sur les lieux, allumé. Mais elle ne pouvait pas attendre sans rien faire l'arrivée de la police. Ou alors si, justement ? Regardant la voiture du coin de l'œil, elle essaya de mettre de l'ordre dans ses idées. Si on la trouvait sur les lieux de l'accident sans qu'elle ait contacté la police, ce serait louche. Elle réfléchit un moment avant de composer le 112. Elle se plaça aux pieds du cadavre, accroupie, tendit le bras pour remonter la visière. Des yeux morts fixaient le vide. Son téléphone grésilla.

"Au secours, gémit-elle. Aidez-moi, il est mort !"

Une voix de femme à l'autre bout du fil : calme, posée.

"Que s'est-il passé ?

— Un accident, un terrible accident."

33

VICTORIA BRUNBERG

Elle gagna la fenêtre ouverte et se réjouit. Silence. Elle apercevait la silhouette de la forêt par-delà les champs, mais rien n'y bougeait. Elle regarda l'heure. Malte était mort. Il devait être mort. Une seconde, la panique s'empara d'elle. Mais elle se força à se ressaisir. Les boulettes grésillaient. L'odeur de graillon lui piqua le nez et la tira de ses pensées. Tout devait sembler normal. Elle laissa la fenêtre ouverte et gagna la cuisinière. Saisit la poignée de la poêle et la secoua plusieurs fois. La police allait arriver, tôt ou tard. Alors, il faudrait jouer l'épouse aimante et attentionnée. Comment réagir quand on vous annonçait la mort d'un être aimé ? Plus que quiconque, elle aurait dû le savoir. Mais elle n'en avait pas la moindre idée, elle n'avait aucun souvenir des heures qui avaient suivi l'exécution de Youri.

Avait-elle parlé à quelqu'un ? Pleuré ? Crié ? Il ne lui restait que quelques images floues d'elle se jetant sur son corps. Le sang giclait des trous dans sa poitrine, elle lui avait tenu la tête tandis que sa vie s'échappait. Tout autour d'elle les gens paniqués hurlaient, se bousculaient, se piétinaient pour sortir. Il regardait fixement le plafond. Mais elle ? Victoria ne savait pas. Elle souleva le couvercle de la casserole, la vapeur lui brûla le poignet. Les pommes de terre de Malte étaient prêtes, mais il ne les mangerait jamais. Elle n'avait fait aucune erreur, elle était une bonne épouse, qui attendait son mari à la maison avec son plat préféré. L'instant suivant, elle entendit des sirènes, se précipita à la fenêtre. Des lueurs bleues dans la forêt.

34

BIRGITTA NILSSON

Elle alla se poster au bord de la grand-route. Quand la voiture de police arriva, exactement treize minutes après son appel au 112, elle agita frénétiquement les bras. La sirène cessa. Deux policiers, un homme et une femme, la regardèrent gravement. L'homme avait les mains sur le volant. La vitre descendit. Birgitta indiqua la forêt.

"Là-bas. Il est là-bas. Oh, c'est tellement affreux !

— Venez avec nous pour nous montrer", dit le policier d'une voix posée.

Birgitta hocha la tête. Son cœur se mit à battre à tout rompre, sonnant l'alarme dans sa poitrine. Elle ouvrit la portière arrière et monta à bord. Ils s'engagèrent sur la petite route forestière.

"Oh, Dieu merci, vous êtes arrivés. Je ne savais pas quoi faire, je crois qu'il est mort. C'est tellement horrible. Le pauvre homme, le pauvre."

Les policiers étaient graves, silencieux. La femme se retourna et dévisagea Birgitta. Son expression était ambiguë. La soupçonnaient-ils ? Elle leur demanda de s'arrêter quelques mètres avant le câble, et ils descendirent. Le moteur de la voiture de police tournait toujours, ses phares illuminaient la forêt. Le regard de la policière s'arrêta sur la voiture de location.

"C'est votre voiture ?

— Oui. C'est ma voiture. Je…

— C'est bon, montrez-nous l'endroit."

Birgitta les précéda dans la forêt.

"Le voilà, le pauvre. Je ne comprends pas ce qui a pu se passer."

Les policiers s'approchèrent de l'homme en chuchotant entre eux. La femme posa sa main sur son épaule et dit quelque chose dans sa radio. Birgitta regardait nerveusement autour d'elle dans le noir. C'était menaçant. Elle était coupable d'un meurtre, et voilà qu'elle mentait à deux policiers. Mais à leurs yeux, elle n'était qu'une institutrice déboussolée. Un témoin qui avait accompli son devoir civique en appelant la police.

"Vous pouvez retourner à la voiture."

C'était à nouveau la policière.

"Je peux m'en aller ?

— Non, nous voulons vous parler. Je vous rejoins tout de suite."

En attendant, Birgitta essaya encore de retrouver les clés de la voiture. Mais en vain. Le voyant de la batterie de son téléphone était rouge. Il ne restait plus grand-chose. Elle ouvrit la portière arrière, s'assit sans la refermer. Ses pieds restaient posés sur le gravier.

La policière arriva, suivie du policier. Birgitta se prit le visage entre les mains et se pencha en avant. Ils s'arrêtèrent devant elle.

"Ça va ?" demanda l'homme.

Elle le préférait, il avait l'air plus doux, moins sur ses gardes que sa collègue.

Elle hocha la tête et déglutit théâtralement plusieurs fois.

"Comment vous appelez-vous ? demanda-t-il en s'accroupissant devant elle.

— Birgitta. Birgitta Nilsson.

— Votre voiture… les plaques ont disparu et la vitre est cassée.

— Je sais, murmura Birgitta.

— Que s'est-il passé ?

— Je l'ai retrouvée comme ça plus tôt aujourd'hui, à Sala."

Elle leva les yeux. Avec sa lampe de poche, la policière éclairait l'arbre où Birgitta avait attaché le câble.

"Thomas, regarde ça, dit-elle en s'approchant de l'arbre. Un câble. Un putain de câble."

Le policier se releva, sortit ses gants et les enfila. Ils se penchèrent pour examiner le câble avant de revenir vers Birgitta. Elle s'efforça de paraître interloquée.

"Alors ce n'était pas un accident ? murmura-t-elle. C'est ce que vous dites ?"

Les policiers échangèrent un regard, avant que la policière ne prenne la parole.

"Nous ne savons pas. Qu'ont-ils pris ?

— Qui ?

— Eh bien, ceux qui ont forcé votre voiture ?

— Mon sac à main et les plaques d'immatriculation."

Le policier alla inspecter le véhicule de location en éclairant à travers la vitre. La lumière dansa un moment sur la voiture avant qu'il revienne. Birgitta essayait de déchiffrer l'expression de son visage. Est-ce que quelque chose ne collait pas ? La soupçonnaient-ils ?

Il se racla la gorge.

"Avez-vous porté plainte ?"

Birgitta secoua la tête en s'efforçant de paraître accablée.

"Non, pas encore. Je comptais le faire ce soir, une fois rentrée.

— Vous habitez les environs ?

— Non, à Stockholm. J'étais à Sala pour rendre visite à ma sœur Gunilla. Elle est malade, hospitalisée. Et c'est là, à l'hôpital, je veux dire, qu'ils ont forcé la voiture. Je voudrais juste rentrer chez moi."

Le regard du policier s'adoucit un peu, il lui posa la main sur l'épaule. Elle leva les yeux et lui sourit.

"Que faites-vous ici, si vous rentriez à Stockholm ?

— Je me suis trompée de route.

— Sur vingt kilomètres ?

— Je n'ai jamais eu beaucoup le sens de l'orientation, je suis assez tête en l'air. Je voulais m'arrêter à Heby pour manger un morceau, mais je suis allée trop loin, puis je n'ai pas osé faire demi-tour sur cette route étroite. J'ai roulé jusqu'ici, en forêt, pour trouver où faire demi-tour. Et là, c'est arrivé."

Leurs radios se mirent à grésiller, ils levèrent tous les deux la main d'un geste synchronisé. Écoutèrent. Birgitta essuya ses mains moites sur son pantalon.

"Vous avez donc vu l'accident ?

— Non, mais j'ai entendu un bruit terrible. J'avais très peur, vous savez, mais je me suis dit qu'il était peut-être arrivé quelque chose à quelqu'un, alors je suis descendue de voiture et c'est comme ça que je l'ai trouvé.

— Avez-vous votre carte d'identité ?" demanda la policière.

Devinait-elle une pointe de méfiance sur son visage ? Birgitta secoua la tête – allait-elle essayer de verser quelques larmes ?

"Elle était dans mon sac à main, qu'ils ont volé, dit-elle d'une voix pitoyable. Je voudrais juste rentrer chez moi, retrouver mon mari. Quelle journée, quelle affreuse journée. Je ne sais pas comment je vais arriver à faire classe à mes pauvres enfants demain matin, je vais peut-être devoir me mettre en congé maladie. Je suis institutrice, vous comprenez…

— Mais avez-vous…"

Le policier posa une main sur le bras de sa collègue.

"Excusez-nous un instant."

Ils s'éloignèrent. Birgitta n'entendait pas ce qu'ils disaient, mais ils semblaient en désaccord. Elle jeta un coup d'œil à la voiture de location. Les plaques d'immatriculation étaient coincées sous le châssis. Elle n'avait pas voulu prendre le risque de les jeter dans la forêt, de peur qu'ils les retrouvent au lever du jour. Son sac à main et la bombe de peinture étaient sous le siège avant. S'ils fouillaient sa voiture, ils comprendraient que c'était elle qui avait tendu le câble. Les policiers revinrent. L'homme heurta quelque chose du pied. Il se pencha et le ramassa.

Ils étaient trop loin pour qu'elle voie ce que c'était.

"Ça doit être à vous", dit-il en s'approchant.

Birgitta aurait voulu vomir. Qu'avaient-ils trouvé ? Elle regarda en plissant les yeux. Ça luisait dans sa main. Ses clés de voiture.

"Je dois… ah, mon Dieu. Merci monsieur l'agent, j'ai dû les perdre en allant à votre rencontre."

Il les lui tendit.

"Laissez-nous juste vos nom, numéros de sécurité sociale et de téléphone, et vous pourrez repartir", dit-il avec un sourire. La policière était restée en retrait, l'air contrariée, les bras croisés.

Birgitta s'exécuta. Prit congé. Le policier la raccompagna à sa voiture.

"Ça va aller, pour rentrer ? demanda-t-il.

— Eh bien, je vais essayer. Je vais rouler doucement. Merci monsieur l'agent."

Elle claqua la portière, introduisit la clé et mit le contact. La voiture démarra, et Birgitta s'apprêta à partir. Mais à cet instant, on frappa à la vitre. Elle sursauta, chercha à tâtons le bouton pour l'abaisser.

"N'oubliez pas de porter plainte pour vol", dit le policier.

35

VICTORIA BRUNBERG

Quand on sonna à la porte, Victoria vérifia une dernière fois ses préparatifs pour le dîner et s'essuya les mains sur le tablier que, pour l'occasion, elle s'était noué autour de la taille.

Elle ouvrit et s'efforça de paraître surprise. Les deux policiers la regardèrent, l'air grave.

"Bonjour ? fit-elle, dans l'expectative.

— Pouvons-nous entrer ?"

Victoria hocha la tête et leur céda le passage. Le policier referma la porte derrière lui et se présenta : Olof Lönn. Il désigna sa collègue :

"Et voici Lisa Svensson."

Victoria remarqua qu'ils regardaient par-dessus son épaule vers la cuisine, où le dîner était servi. Olof Lönn ôta ses gants et les lissa entre ses doigts. Il hésita un moment. Victoria eut pitié de lui.

"Un accident s'est produit près d'ici. La victime est votre mari, Malte Brunberg."

Victoria sursauta. Dévisagea le policier. Olof Lönn déglutit en secouant la tête.

"Est-ce qu'il va s'en sortir ? Est-ce que Malte va s'en sortir ?

— Désolé. Il est mort.

— Vous êtes certains que c'est Malte ?

— Malheureusement, oui, nous avons trouvé son permis de conduire. Et la moto est à lui.

— Est-ce que je peux… Je veux dire… Je peux m'asseoir ?" demanda Victoria en désignant la table de la cuisine.

Tandis qu'Olof Lönn la prenait par le bras et l'installait précautionneusement sur une chaise, sa collègue remplit un verre d'eau qu'elle plaça devant Victoria. Elle but quelques gorgées hésitantes.

"Que s'est-il passé ?"

Les policiers échangèrent un regard avant qu'Olof Lönn ne reprenne la parole :

"C'est ce que nous ne savons pas exactement. Savez-vous s'il y a quelqu'un, un voisin peut-être, qui a l'habitude de tendre des câbles ?

— Des câbles ?

— Oui, des filins. Entre les arbres."

Victoria plaça les mains devant sa bouche.

Puis elle leur expliqua : une semaine auparavant, Malte avait acheté un câble dans un magasin de bricolage. Il s'était énervé contre les jeunes qui roulent parfois à vive allure sur cette petite route forestière. Elle avait tenté de l'en dissuader, lui avait dit qu'ils pouvaient se blesser, que c'était sans doute illégal, mais Malte avait refusé de l'écouter.

"Pourquoi a-t-il pris sa moto, aujourd'hui ? Le temps n'est pas vraiment idéal."

Victoria leva les yeux, c'était la première fois que Lisa Svensson ouvrait la bouche.

"Je ne sais pas. Il adorait cette moto. Je lui disais souvent de rouler prudemment, surtout maintenant, avec ce froid, mais Malte ne m'écoutait pas."

Une larme pointa au coin de l'œil de Victoria.

“Mais s’il a tendu ce câble plus tôt dans la semaine, ou hier, il aurait dû être obligé de le décrocher en passant par là ce matin pour aller travailler ?”

Victoria fit semblant de réfléchir un instant.

“La boîte aux lettres. Elle est sur la grand-route, Malte avait l’habitude de prendre le courrier le matin, en partant travailler.”

Elle tendit la main pour prendre une serviette en papier.

36

INGRID STEEN

Ingrid Steen regarda alentour, introduisit la clé dans la serrure et souffla de soulagement en constatant qu'elle ouvrait. Elle entra sous le porche et étudia le tableau des noms : Julia Wallberg habitait tout en haut, au cinquième étage. Ingrid soupira. Elle n'aimait pas les ascenseurs. Mais elle n'avait pas le choix : il fallait agir vite. Ces derniers temps, elle avait été forcée de faire des choses qu'elle n'appréciait pas du tout.

Elle entra dans l'ascenseur et appuya sur le bouton. Les gants de Tommy étaient bien trop grands, mais elle savait qu'elle devait les garder. Qu'on trouve des fibres textiles, peut-être quelques cheveux dans l'appartement de Julia pourrait s'expliquer par l'adultère. Une empreinte digitale, en revanche, non.

Ce qu'elle s'apprêtait à faire dépassait tout ce qu'elle avait pu imaginer. Au début, ses représailles étaient uniquement dirigées contre Tommy. C'était comme si sa colère grandissait chaque jour. Et à mesure qu'elle enflait, sa propre imagination s'était décuplée.

Elle s'avança sur le palier et constata que tout était silencieux. Cinq minutes. Pas plus. Ingrid ouvrit doucement la fente de la boîte aux lettres et jeta un œil dans l'appartement. Plongé dans l'obscurité. Elle se redressa, ouvrit et entra. Les odeurs inconnues lui montèrent au nez. Une seconde, elle hésita. Peut-être aurait-elle dû faire demi-tour, se contenter de ce qui attendait Tommy ?

Ingrid tourna les talons pour quitter l'appartement mais son regard s'arrêta sur le portemanteau. Un des blousons de Tommy y était suspendu.

"Espèce de salaud", murmura-t-elle.

Elle s'avança dans l'appartement. Le parquet craquait. Le séjour donnait sur l'eau, avec Liljeholm de l'autre côté du chenal. Les murs étaient décorés de photos en noir et blanc. Marilyn Monroe semblait être le sujet favori de Julia. La blonde souriait. La blonde fumait. La blonde avait l'air excitée.

"Comme c'est prévisible, marmonna Ingrid. Tu me déçois, Julia. Je te croyais plus intéressante que ça."

Elle ouvrit la porte de la chambre. Un grand lit avec une tête imposante. Aussitôt, des images de ce que Tommy et Julia y faisaient la submergèrent. Ingrid se dépêcha de refermer et regagna le séjour. Il fallait trouver un endroit que Julia ne vérifiait pas régulièrement. Ingrid alla ouvrir le meuble télé. Quelques vieux journaux, une box. Deux albums photos. Elle résista à la tentation de les feuilleter, se rappela ce qu'elle était venue faire. Le meuble télé ferait l'affaire. Ingrid plongea la main dans son sac et y pêcha le petit sachet. Cinq grammes de cocaïne.

Elle le plaça au fond du meuble, sous les journaux, avant de se raviser. Elle fit demi-tour, chercha la salle de bains et y entra. Dans un verre au bord du lavabo, elle trouva deux brosses à dents. Elle les prit et les frotta directement sur le sachet. À défaut d'empreintes digitales, une bonne dose d'ADN suffirait peut-être.

De toute façon, la chute de Julia n'était qu'un bonus. Elle pourrait s'en occuper plus tard, quand Tommy serait mort. Elle laissa le sachet sur le bord du lavabo, fit demi-tour et attrapa la brosse des WC. Ingrid y frotta soigneusement les deux brosses à dents. “Fini les baisers pour un petit moment, mon petit Tommy”, dit-elle en remettant les brosses à dents à leur place, avant de regagner le séjour.

En montant dans le métro à Hornstull, elle envoya un message à Tommy :

Tu as perdu tes clés dans l'allée du garage.

37

VICTORIA BRUNBERG

Le train entra dans la gare centrale. Victoria Brunberg n'était venue qu'une seule fois à Stockholm, en compagnie de Malte, au tout début.

En descendant sur le quai, elle se laissa voluptueusement aspirer dans l'anonymat de la foule. Ici, elle n'était pas une femme commandée par correspondance, ici, elle n'était personne. Juste un individu parmi des milliers d'autres.

Elle avait deux jours. Elle allait d'abord s'acheter une robe adaptée : d'après les instructions contenues dans la lettre, elle devait se rendre à un cocktail à bord d'un bateau. Sa commanditaire lui avait versé trois mille couronnes à cette fin. Ce n'était pas du même niveau que les vêtements avec lesquels Youri avait l'habitude de la gâter, mais Victoria avait hâte de s'habiller et de se faire belle, après ces années passées auprès de Malte.

Atteignant une station de taxis, elle remonta la file des voitures qui attendaient.

Le ciel était bleu clair, un soleil chiche éclairait sans chaleur.

Un chauffeur lui fit signe aussitôt, chargea sa valise dans le coffre et lui tint la portière. Victoria s'installa à bord.

“Au Grand Hôtel, s'il vous plaît”, dit-elle.

Il hocha la tête et déboîta.

De l'homme qu'elle devait tuer, Victoria ne savait pas grand-chose, mais la femme qui avait signé son arrêt de mort avait sûrement ses raisons – comme elle avec Malte. Victoria était sur la liste des invités du cocktail. Pas sous son vrai nom, mais sous celui de Natacha Svanberg. Sur la façon dont elle devait ensuite procéder, les instructions étaient précises.

Victoria sortit la petite photo d'identité de l'homme. Il souriait vaguement. Il avait des yeux clairs, gentils, et une mâchoire carrée. À première vue, il ne semblait ni cruel, ni méchant, mais elle était mieux placée que quiconque pour savoir à quel point une photo pouvait dissimuler la vraie nature de quelqu'un.

Si Victoria avait la possibilité d'offrir à une femme le sentiment de liberté qu'elle éprouvait elle-même depuis la mort de Malte, elle serait heureuse de suivre à la lettre les instructions qu'elle avait reçues.

Le taxi s'arrêta devant un beau bâtiment au bord de l'eau. De l'autre côté de la baie, Victoria reconnut le château royal. Elle paya, le chauffeur ouvrit le coffre. Avant que la valise ait touché le sol, un homme en uniforme s'empressa de lui proposer de la porter.

"Merci, sourit Victoria.

— Après vous", dit l'homme, très strict.

38

INGRID STEEN

Tommy ronflait près d'elle. Ingrid se dit que c'était leur dernière nuit ensemble. De façon assez surprenante, ça ne lui faisait rien. Pas de remords, pas de cas de conscience. Elle n'éprouvait qu'indifférence. Il y avait peut-être là une explication biologique : l'homme avec qui elle avait choisi de se reproduire, parce qu'il allait la protéger, elle et leur progéniture, l'avait trahie. Les avait laissées sans défense.

Demain, il allait mourir de la main d'une inconnue. Mais cela ne suffisait pas. Sa réputation de journaliste honnête et travailleur serait pulvérisée. La Suède entière saurait bientôt quelle infâme ordure dirigeait le plus grand tabloïd du pays. Les reporters Ola Pettersson et Kristian Lövander, qu'il avait refusé de sanctionner, feraient figure d'enfants de chœur en comparaison. Il apparaîtrait clairement à tout un chacun pourquoi il les avait protégés.

Ingrid soupira en tournant le dos à Tommy

Elle avait besoin de dormir. La journée du lendemain serait loin d'être de tout repos. Il fallait qu'elle se lève avant Tommy pour préparer son petit-déjeuner. Le soir, elle s'était organisée pour que sa mère garde Lovisa. Dès qu'elle aurait quitté sa fille, elle se rendrait dans un restaurant où elle était sûre qu'on la remarquerait.

Elle ne serait inquiétée ni pour le meurtre, ni pour la destruction de la réputation du rédacteur en chef le plus connu de Suède.

39

VICTORIA BRUNBERG

Après être brièvement montée dans sa chambre poser les sacs de shopping contenant la robe noire et la courte veste de fourrure blanche qu'elle avait achetées, Victoria reprit l'ascenseur pour descendre au bar.

Elle remarqua les regards flatteurs que lui accordaient les clients. Victoria s'installa dans un fauteuil en cuir et un serveur en chemise blanche se présenta aussitôt.

"Vodka, s'il vous plaît, dit-elle sans regarder ni lui ni la carte.

— De la glace ?"

Elle secoua la tête. En attendant, Victoria ouvrit le journal posé devant elle sur la table. L'éditorial parlait du mouvement #MeToo.

Victoria, qui n'avait pas lu un journal suédois depuis l'été précédent, fut comme fascinée. Elle ne remarqua qu'on l'avait servie qu'après être arrivée au bout du texte. Le long article suivant, dans les pages culture, parlait également de la façon dont les hommes en position de pouvoir abusaient de jeunes femmes.

Après avoir lu l'introduction, elle chercha le serveur des yeux, découvrit que sa vodka était déjà posée devant elle sur une serviette, et en but une grande gorgée.

L'instant d'après, elle faillit s'étrangler. Elle toussa. Au milieu de l'article, elle vit une photo de l'homme qu'elle devait tuer.

Elle cligna des yeux et le regarda fixement.

Aucun doute, c'était la même personne.

*Le rédacteur en chef d'*Aftonpressen *Tommy Steen assure que son journal prend au sérieux les accusations de harcèlement sexuel portées contre deux de ses collaborateurs*, indiquait la légende de la photo.

Plus loin dans le texte, il précisait son raisonnement en expliquant qu'il ne pouvait agir avant qu'une condamnation ait été prononcée contre ces hommes. Il répondait également aux critiques qui lui avaient été faites de ne pas divulguer les noms de ces collaborateurs, alors qu'il l'avait fait pour des hommes d'autres corporations.

Les mains de Victoria étaient moites. Elle but une grande gorgée de vodka et reposa le journal. Tommy Steen, c'était donc son nom, et il était le rédacteur en chef du journal qu'elle avait sous les yeux. Elle oscillait entre appréhension et excitation.

Le serveur s'arrêta à côté d'elle et se racla discrètement la gorge.

"De la part du monsieur, là-bas", dit-il en désignant de la tête, au bar, un homme en costume sombre.

Dans le seau à glace qu'il posa sur sa table, une bouteille de champagne Moët & Chandon. Elle adressa à l'homme un sourire éclatant, et le serveur entreprit d'une main assurée d'ouvrir la bouteille.

40

INGRID STEEN

Ingrid tendit machinalement la main pour éteindre l'alarme de son mobile, ne la laissant pas sonner plus de deux secondes. Elle se sentait bien réveillée, reposée. Tommy grogna, tandis qu'elle enfilait sa robe de chambre et sortait sur la pointe des pieds. Sur le portant de l'entrée était pendue la tenue que Tommy devait porter le soir. Sous le mouchoir, dans la poche de poitrine de la veste, était caché un petit sachet de deux grammes de cocaïne.

À la cuisine, elle lança la cafetière qu'elle avait préparée la veille. Elle jeta un coup d'œil à l'ordinateur :

20:00 MS Scandinavia

Le grand groupe de presse international qui, outre *Aftonpressen*, possédait aussi deux chaînes télé et une douzaine d'autres publications en Suède, avait affrété l'imposant ferry pour sa fête annuelle. Comme il faisait doux, les eaux autour de Stockholm étaient libres de glace et, d'après ce qu'Ingrid avait compris, ils allaient faire un tour dans l'archipel. Quant à elle, quand Tommy, par devoir, lui avait proposé de l'accompagner, elle avait décliné, à leur soulagement mutuel. Mais cela ne l'avait pas empêchée d'inscrire au nom de Tommy une certaine Natacha Svanberg sur la liste des invités.

Les tuyaux se mirent à gargouiller, Tommy se douchait toujours en vitesse.

Elle sortit une tasse, y versa du café, ajouta un peu de la cocaïne qui lui restait, et mélangea avec une cuillère.
Puis elle se servit elle-même une tasse de café et sortit son iPad.

41

VICTORIA BRUNBERG

Les épais rideaux empêchaient toute lumière d'entrer. La suite était plongée dans l'obscurité, les meubles étaient des ombres noires. À côté d'elle était couché Al, ainsi se nommait le grand Américain. Il respirait bruyamment, mais sans ronfler. Ses cheveux, la veille si bien plaqués en arrière, étaient à présent ébouriffés.

Victoria vérifia sur son portable : neuf heures moins le quart. Ils ne devaient pas avoir dormi plus de trois ou quatre heures.

Alan DePietro était un homme d'affaires américain dans le secteur pétrolier, mais il avait vécu plusieurs années en Russie.

Aussi, quand il était venu demander la permission de s'asseoir en sa compagnie, ils étaient rapidement passés au russe. Poli, charmant et prévenant, Al l'avait traitée avec tact et respect. Ils étaient restés au bar jusqu'à la fermeture, puis il lui avait proposé de monter dans sa suite. Elle avait d'abord refusé. Mais en voyant Al payer l'addition sans insister davantage, et lui souhaiter bonne nuit, elle avait changé d'avis.

“Il y a de la vodka ?” avait-elle demandé en pouffant.

La suite, située presque au sommet du bâtiment, comportait trois pièces en enfilade. Une généreuse terrasse avec vue sur le château courait sur toute la longueur.

C'était la plus fantastique chambre d'hôtel qu'elle ait jamais vue. Elle se sentait comme Julia Roberts dans *Pretty Woman*. Al l'avait d'abord laissée commander ce qu'elle voulait au room service. Un dîner complet leur avait été servi sur la terrasse dans des plats en argent. Stockholm dormait tandis qu'ils mangeaient et buvaient, blottis sous des couvertures. Al avait presque deux fois son âge, approchant la cinquantaine. Il lui avait raconté des histoires de magnats du pétrole du Texas et d'oligarques russes que Victoria n'avait jamais vus qu'à la télévision. À sa demande expresse, il lui avait décrit le luxe sans pareil de leurs maisons et de leurs avions privés.

Mais il ne s'était pas contenté de la distraire avec les anecdotes tirées d'une longue et passionnante vie, il l'avait aussi écoutée, avait apprécié ses opinions et trouvé ses idées "intéressantes".

Après, comme ils étaient gelés, Al avait allumé le sauna. Ils avaient emporté le champagne dans la salle de bains mais n'étaient pas arrivés jusqu'au sauna. Ils avaient fait l'amour sous la douche, s'étaient rapidement séchés avant de continuer leurs ébats dans le grand lit.

Victoria se dégagea de sous la couette, gagna la fenêtre et écarta un peu les rideaux. Un faible rai de lumière divisa la chambre en deux. Sur la table de nuit se serraient bouteilles vides et flûtes à champagne.

Elle rassembla ses affaires et, sur la pointe des pieds, se dirigea avec vers la porte. Dommage qu'ils doivent ne jamais se revoir.

"Natacha ?"

Elle s'immobilisa en plein mouvement. Elle n'avait pas donné son vrai nom, et inventé une histoire selon laquelle elle travaillait dans une boutique de vêtements. Maintenant, elle le regrettait. En tout cas pour le prénom.

“Je pensais te laisser dormir”, dit-elle.

Il lui fit signe d’approcher, et Victoria s’assit au bord du lit.

“Pendant que tu ronflais, cette nuit, j’ai réfléchi, dit Al en souriant. Comme je te l’ai raconté, je n’ai jamais eu de famille, et je fête chaque Noël en me saoulant à mort dans un hôtel dont le personnel reçoit des sommes indécentes pour tenir compagnie aux malheureux comme moi. Cette année, j’ai réservé un truc tout compris à la Barbade.”

Victoria attendit patiemment la suite, mais dut se faire violence pour ne pas trahir le fond de sa pensée en se fendant d’un large sourire.

“Ma proposition est la suivante : viens avec moi à Genève aujourd’hui, ou plus tard dans la semaine, puis allons fêter Noël ensemble. Je n’ai rien contre Stockholm, mais le climat n’est pas idéal, dit Al avec un geste vers la fenêtre.

— Je ne sais pas. J’avais pensé rentrer en Russie. Voir ma mère.”

Al sourit, mais Victoria vit qu’il était déçu.

“Je comprends, dit-il en lui tapotant la main. Dommage.”

42

BIRGITTA NILSSON

Les premiers jours, Birgitta Nilsson s'attendait à chaque instant à entendre frapper à la porte et à trouver sur le palier des policiers qui la menotteraient et l'emmèneraient. Mais il n'y eut ni policiers, ni interrogatoires, ni condamnation. Avant de rendre la voiture de location, elle était passée dans un garage et avait payé au noir le remplacement de la vitre cassée.

Mais le mal empirait en elle, la fatigue était devenue un état normal. Pourtant, elle ignorait les convocations aux traitements. Birgitta en avait fini avec l'existence. Savoir que Jacob allait mourir la maintenait en vie, elle voulait être là pour les jumeaux. Mais elle ne voulait pas les gêner, ne voulait pas que soit révélé au grand jour que leur père battait sa femme. Dès qu'il aurait disparu et que ses bleus se seraient estompés, elle pourrait commencer son traitement contre le cancer. Les violences infligées par Jacob avaient augmenté, plus brutales, plus étudiées. Il ne frappait pas pour la blesser, mais parce que ça lui faisait du bien. Il frappait mécaniquement, sans montrer de sentiments. Et Birgitta recevait ses coups avec la même indifférence. Peut-être y voyait-il une provocation, qui le poussait à cogner plus fort ?

Elle souhaita à ses élèves un bon après-midi, rassembla ses papiers, rangea le plus gros du désordre et ferma la porte de la classe en partant.

Le couloir était presque désert, seule Lovisa Steen s'était attardée.

"Comment ça va, mon petit ? demanda Birgitta.

— Bien.

— Tu es sûre ?"

La fillette hocha la tête.

"Qu'est-ce que tu fais là, alors ?

— Maman vient me chercher plus tard ce soir, et après je vais chez ma grand-mère.

— C'est bien, ça. Et elle est gentille, ta grand-mère ?"

Birgitta l'aida à passer le gros sac à dos sur ses épaules et, côte à côte, elles avancèrent le long des rangées de portemanteaux.

"Maman et papa vont se séparer", dit soudain Lovisa. La fillette se mordit la lèvre. Birgitta sursauta. Tommy et Ingrid Steen ? Le couple le plus parfait de Bromma. Ah, vraiment, à quoi peut-on se fier aujourd'hui ?

Des larmes montèrent aux yeux de Lovisa.

"Là, là, mon petit cœur", dit Birgitta en la conduisant jusqu'à un banc. Elle l'assit sur ses genoux et embrassa la fillette. Elle ne savait pas très bien quoi faire.

Elles restèrent enlacées en silence.

Birgitta sentit une goutte sur sa main.

"J'ai un cancer, je vais mourir", chuchota-t-elle.

Elle comprit alors que la larme venait d'elle.

43

VICTORIA BRUNBERG

Victoria arriva sur le quai quelques minutes seulement avant le départ du *MS Scandinavia*. Deux vigiles en doudounes noires la considérèrent avec indifférence, lui demandèrent son nom, vérifièrent sur une liste, hochèrent la tête et la laissèrent passer. Ses talons aiguilles retentirent sur la passerelle quand elle embarqua. Par la porte vitrée, elle vit que les participants n'avaient pas perdu de temps. La fête avait commencé, la musique se répandait sur le pont presque désert. Quelques fumeurs téméraires bravaient le froid pour satisfaire leur besoin de nicotine. Victoria ouvrit une porte et entra. Les hommes portaient des costumes sombres, la plupart sans cravate. Les femmes des robes de soirée. Évitant de regarder les gens dans les yeux, elle visa le bar tout au fond et alla y demander un verre de blanc. Elle jeta un œil alentour à la recherche de Tommy Steen, l'homme qu'elle devait tuer. En face du bar, une petite scène : un micro sur pied, deux guitares, une basse et une batterie.

Un homme dégarni d'une soixantaine d'années monta sur l'estrade, une coupe de champagne à la main, et testa le micro du bout de l'index. Le brouhaha cessa et les visages se tournèrent vers lui.

"Chers collaborateurs, bienvenue à bord. Nous allons bientôt appareiller pour notre tour dans l'archipel…"

Victoria cessa d'écouter pour fouiller à nouveau la pièce des yeux. L'orateur déclencha une salve de rires et, à ce moment, Victoria repéra le rédacteur en chef d'*Aftonpressen*. Il était tout près, un peu sur sa droite, à côté d'une jeune femme. Tommy Steen et celle-ci semblaient écouter avec intérêt.

Ils étaient tout proches, un peu trop pour de simples collègues. De temps à autre, rapidement mais ostensiblement, la femme posait sa main sur celle de l'homme et la serrait. Aucun doute, il y avait quelque chose entre eux. Pouvait-il s'agir de la personne qui avait commandité le meurtre de Tommy Steen ? Si c'était le cas, elle était d'un sang-froid à toute épreuve. Et folle.

"Santé !"

L'homme sur la scène leva son verre.

Victoria porta le sien à ses lèvres et en but une petite gorgée. Elle ne voulait pas trop boire. Il fallait qu'elle reste sobre, même si elle aurait volontiers calmé sa nervosité avec davantage d'alcool.

La pièce s'emplit d'applaudissements. Victoria posa son verre et s'y joignit.

L'orateur descendit de l'estrade et le bateau se mit en mouvement.

44

INGRID STEEN

Ingrid n'avait pas l'habitude d'avoir tant de monde autour d'elle. Le café Riche était plein à craquer de clients venus dîner. Tout autour d'elle mangeaient des célébrités de la télévision, des hommes politiques et des journalistes en vue. Le brouhaha était assourdissant. Ceux qui n'avaient pas de table se pressaient au comptoir, situé à quelques mètres seulement des convives. Le bar du café Riche était surnommé le *fossé des divorcées* : des quadragénaires et plus s'y pressaient, à la recherche d'un nouveau partenaire. Un verre se brisa quelque part. "… et alors, il a dit que ce n'était pas comme ça qu'il imaginait la vie, qu'il aspirait à autre chose. Tu vois ? Il a quarante-cinq ans, et se comporte comme un gamin. C'est un homme, pas un putain de gosse. Aucun sens des responsabilités, quoi.

— Terrible", dit Ingrid en secouant la tête, tout en portant un morceau de poisson à sa bouche.

Carina Feldt était une ancienne collègue d'*Aftonpressen* qui, il y a cinq ans, s'était reconvertie en devenant éditrice. Depuis six mois, elle était empêtrée dans un divorce douloureux avec le père de ses deux enfants, le roi des relations publiques, Gustaf Hammar.

Un beau jour, après avoir couché les petits, il lui avait annoncé que c'était fini. Il ne l'aimait plus, voulait plus de temps pour lui. Il n'y avait aucune marge de négociation, rien à organiser – il s'était déjà acheté un trois-pièces à l'autre bout de la ville.

"Alors maintenant, il a les enfants un week-end sur deux, c'est le maximum qu'il daigne faire. Il vit comme un gamin de vingt ans. Il traîne au bar avec ses employés, rentre à l'aube et se ridiculise. Tragique.

— Tragique", répéta Ingrid.

Elle plaignait Carina, mais elle avait du mal à s'engager dans la conversation. Ses pensées dérivaient sans arrêt vers le *MS Scandinavia* et Tommy. Tout était prévu, elle avait fait ce qu'elle devait faire, ce qui se passait échappait désormais à son contrôle. Ce n'était plus de son ressort. Le bateau devait être parti à l'heure qu'il était, la fête y battait son plein. Tommy était probablement en train de peloter Julia, plus ou moins ouvertement.

Ingrid avait hâte que tout ça soit fini. Que les penchants de Tommy pour la drogue soient révélés, et que sa réputation de journaliste honnête et sérieux vole en éclats.

Carina se leva pour aller aux toilettes, elle disparut, avalée par la foule agglutinée autour du bar. Ingrid glissa la main dans son sac pour prendre son portable, mais ses doigts touchèrent autre chose.

45

VICTORIA BRUNBERG

Il fallait que Victoria s'approche de Tommy, engage la conversation, mais la jeune femme restait collée à lui. La traversée durait depuis deux heures, les lumières au-dehors se faisaient rares, et autour d'elle les gens étaient de plus en plus éméchés. Ancrée au bar, Victoria répondait par monosyllabes à ceux qui lui adressaient la parole, sans quitter Tommy des yeux.

Un groupe se préparait à monter sur scène. Quand les musiciens saisirent leurs instruments et qu'une chanteuse à frange blonde et blouson de cuir s'empara du micro, une grande clameur de joie éclata. Victoria chercha des yeux Tommy là où elle l'avait vu pour la dernière fois. Disparu. Elle fouilla rapidement la salle du regard et l'aperçut de dos. La femme n'était plus visible, elle était peut-être allée aux toilettes. Tommy était en grande conversation avec l'homme qui avait accueilli les invités.

Victoria devait agir maintenant. Elle avait plusieurs fois répété ce qu'elle allait lui dire. Elle emporta son verre de vin et se fraya un passage parmi les gens dont l'attention était désormais toute tournée vers la scène.

Victoria toucha le coude de Tommy et se pencha pour lui chuchoter la phrase qu'elle avait mémorisée. Elle fut noyée par les clameurs, au moment où, sur scène, la chanteuse prenait le micro pour dire quelques mots.

Tommy fixa Victoria, interloqué. “Je travaille à l’ambassade de Russie, j’ai des informations sur des actes d’espionnage contre la Suède, répéta Victoria, plus fort cette fois. Venez avec moi, il faut qu’on parle.” Tommy resta bouche bée, mais se ressaisit vite.

Il hocha la tête, fit un geste vers la porte dérobée à côté du bar. Personne ne semblait faire attention à eux, tous les regards étaient dirigés vers la scène, où la chanteuse entamait son premier morceau. Ils parcoururent en silence un long couloir, où leurs pas résonnaient. Ils s’arrêtèrent devant une porte vitrée donnant sur le pont.

“Sortons par ici”, dit Tommy en lui tenant la porte.

Victoria constata avec soulagement que le pont était désert. Elle se dirigea vers l’arrière pour éviter qu’ils soient vus si un passager sortait fumer. Tommy quelques pas derrière elle, elle tourna à l’angle de la coursive et s’appuya au bastingage haut d’environ un mètre.

Le bateau laissait un sillage d’écume dans l’eau noire bordée de forêts. Tommy la rejoignit et s’appuya sur le bastingage. Elle posa son sac à main entre eux.

“Vous disiez que vous travaillez à l’ambassade russe ?”

Victoria hocha rapidement la tête, en évitant son regard.

“Mon pays espionne votre pays, nous avons mis votre journal sur écoute.”

Tommy se passa la main sur le menton. Il paraissait sceptique.

“Pourquoi me racontez-vous ça ?

— Parce que je veux quitter la Russie et demander l’asile en Suède.”

Tommy sortit un paquet de cigarettes, le présenta à Victoria, qui en prit une, avant de se servir lui-même.

“Ça fait longtemps que j’ai arrêté, mais je continue à fumer dans les soirées”, expliqua-t-il en lui allumant sa cigarette. Leurs regards se croisèrent une seconde dans la faible lueur de la flamme qui vacillait entre ses mains en coupe. C'était un geste intime, il avait quelque chose d'attirant.

La cigarette ne s'allumait pas.

"Laissez-moi faire", dit-elle.

Elle prit le briquet, ôta la cigarette de la bouche de Tommy et pivota pour s'abriter du vent. Tommy attendait, à nouveau tourné vers l'eau. Il suffisait de le pousser un bon coup.

"Vous vous en sortez ? demanda-t-il par-dessus son épaule.

— Presque", dit-elle.

Victoria ôta promptement ses talons aiguilles et se jeta sur lui.

46

INGRID STEEN

Le vin était bu, une serveuse avait débarrassé les assiettes, et la conversation s'épuisait. Les silences se faisaient de plus en plus longs. Les yeux de Carina brillaient de fatigue et d'alcool. Le brouhaha avait augmenté, la foule agglutinée au bar s'était rapprochée de la table d'Ingrid à mesure que des clients arrivaient.

Elle se sentait d'attaque, était-ce l'alcool, ou le fait de remarquer que les hommes la regardaient encore avec appétit, elle ne savait pas. Probablement un peu des deux. Un homme en particulier, près du bar, avait retenu son attention. Il semblait avoir la trentaine, cheveux brun foncé, chemise et jean noirs. Plusieurs fois, il l'avait fixée sans se gêner, et Ingrid l'avait regardé droit dans ses yeux clairs.

"On y va ? dit Carina en attrapant son manteau.

— D'accord", répondit Ingrid.

Mais elle ne voulait pas que cette soirée s'achève. Elle ne voulait pas rentrer dans la grande maison vide de Bromma.

"Attends un peu, dit-elle. Il faut juste que je passe aux toilettes."

Ingrid sentit que l'homme du bar l'observait tandis qu'elle rassemblait ses affaires et se frayait un chemin vers les WC.

La porte refermée derrière elle, elle sortit le sachet de cocaïne de son sac, trouva un vieux billet froissé et se fit une ligne rapide. Elle n'avait jamais essayé de drogues, à part quelques bouffées de hasch, un week-end à Copenhague, dans sa jeunesse.

Elle inspira la poudre, vérifia à l'aide de la fonction appareil photo de son portable qu'elle n'avait pas de résidus blancs autour du nez et ressortit des toilettes.

Le monde se mit à tourner, plus doux, plus éclatant. Elle se dépêcha de traverser la salle pour rejoindre Carina qui l'attendait à leur table.

Dans la rue, elles s'embrassèrent devant la file des taxis.

"Allez, prends le premier", dit Ingrid en lui indiquant une voiture de Taxi Stockholm. Elle resta sur le trottoir et salua de la main tandis que Carina s'installait sur la banquette arrière. La voiture partie, elle retourna à l'intérieur du café Riche. Elle alla aussitôt trouver l'homme en noir au bar. Il sembla étonné. Ingrid se sentait sûre d'elle.

"Tu habites les environs ? demanda-t-elle de but en blanc.

— Dans Vasastan.

— Bien, dit Ingrid. Donne-moi l'adresse. Après tu sors et tu y vas en taxi."

Il rit.

"Odengatan 35."

Cinq minutes plus tard, Ingrid était sur la banquette arrière d'un taxi, dans Birger Jarlsgatan. Son cœur battait fort, sa tête tournait agréablement. Elle glissa discrètement la main entre ses cuisses et sentit qu'elle mouillait.

47

VICTORIA BRUNBERG

Elle regarda Tommy tomber sans bruit. Ce n'est qu'à quelques mètres de la surface qu'il cria. Son corps disparut dans l'eau noire. Victoria resta près du bastingage. Quelques secondes plus tard, Tommy refit surface, il agita les bras en hurlant. D'un regard par-dessus son épaule, elle vérifia que personne n'approchait, avant de ramasser la cigarette et le briquet et d'inspirer une profonde bouffée.

Les fonctions vitales allaient cesser avant qu'il ait le temps d'atteindre la terre, il allait mourir de froid. Il n'avait pas l'air méchant, mais qu'en savait-elle ? La femme qui voulait sa mort avait sûrement ses raisons – comme elle avait eu les siennes pour Malte.

Victoria regarda sa montre. Ils devaient être en train de regagner Stockholm. Elle rejoignit la fête. Le groupe était toujours sur scène, la fille à frange blonde chantait à tue-tête, penchée en arrière, le visage levé vers le plafond. Personne n'avait rien remarqué. Victoria retourna au même endroit qu'avant et demanda un verre de blanc. Elle était calme. La fête continuait normalement, d'ici une heure le bateau accosterait à Nybrokajen et elle disparaîtrait alors, ni vue ni connue. Les gens étaient déjà tellement ivres qu'ils se souvenaient à peine de leur propre nom. Mais après ? Où aller ? Rentrer en Russie ?

Elle songea à Al et sentit une chaleur envahir tout son corps. Il lui plaisait, il l'avait bien traitée. Pas comme Youri, mais il s'y entendait, en femmes. Un homme, un vrai. Elle allait peut-être accepter sa proposition de fêter Noël à la Barbade. Mais d'ici là ?

48

INGRID STEEN

L'homme attendait sur le pas de la porte, à côté d'un bar devant lequel s'attroupaient des fumeurs. Il tendit la main et se présenta.

“Lukas.

— Enchantée, pouffa-t-elle. Tu peux m'appeler Johanna.”

Il fronça les sourcils.

“T'appeler ?

— Oui. Ce n'est pas mon vrai prénom, tu vois ? Bon, alors, tu ouvres, ou quoi ?”

Lukas haussa les épaules, tapa le code et lui tint la porte. La situation amusait Ingrid. Avoir le contrôle. Dans l'ascenseur, ils étaient face à face : Ingrid l'examina sans se gêner. Ce qu'elle voyait lui plaisait. Il croisa son regard en souriant.

“Tu es mignon, tu sais ?” dit-elle.

Il rit.

“Toi aussi.”

L'appartement était au quatrième étage, un petit trois-pièces donnant sur Odengatan. Sans ôter ses chaussures, Ingrid gagna la fenêtre. Lukas s'approcha, tout près, passa ses mains autour de sa taille. Un picotement lui traversa le corps, mais elle sentait s'estomper les effets de la drogue.

“Attends un peu, dit-elle. Où est la salle de bains ?”

Lukas lui indiqua le chemin. Elle s’y rendit avec son sac à main, se fit une nouvelle ligne et l’inhala. Elle sentit son cœur battre plus vite, sa température corporelle monter.

Il était resté devant la fenêtre. Elle se glissa devant lui, l’attira à elle. Ils s’embrassèrent. Il avait un goût d’alcool. Elle déboutonna son pantalon, soupesa dans sa main son sexe durci. Il respirait de plus en plus vite.

En bas, dans la rue, un poivrot poussa un cri.

Elle se débarrassa de ses vêtements, se mit nue devant lui, mais garda ses talons. Elle lui tourna le dos, se pencha en avant et, s’appuyant contre le rebord de la fenêtre, s’offrit à lui.

TROISIÈME PARTIE

49

INGRID STEEN

Devant la rédaction, le drapeau suédois était en berne.

Ingrid était vêtue de noir. C'était l'hiver, le soleil ne s'était pas montré de la semaine, mais elle cachait pourtant son visage derrière une paire de lunettes noires surdimensionnées.

Elle ouvrit la portière et descendit de voiture. Mariana Babic, qui l'attendait derrière les portes coulissantes, vint à sa rencontre. Lui donna une longue et chaleureuse accolade.

"Ça va aller ?" demanda-t-elle doucement.

Ingrid hocha la tête en serrant les dents.

Quelqu'un devait avoir prévenu les employés du journal de l'arrivée d'Ingrid. La rédaction était rassemblée dans le bureau central. Ingrid salua de la tête quelques visages connus, tout en essayant de repérer Julia. La pièce de Tommy était vide, sa table encombrée de fleurs.

Ingvar Svedberg, le chef du groupe de presse, prit Ingrid par le bras et la conduisit délicatement au milieu de la pièce. Ingrid regardait droit devant elle. Ingvar se racla la gorge.

"Tommy Steen était une des plus belles personnes et le plus courageux journaliste que j'aie rencontré. *Aftonpressen* est en deuil, les médias suédois sont en deuil. Une voix forte et importante du débat social nous a été enlevée…"

Ingrid cessa d'écouter, cherchant du regard le visage de Julia parmi les journalistes alignés.

Lors de son audition par la police, Ingrid avait admis avec réticence que Tommy consommait de la cocaïne, et qu'elle avait tenté de le faire décrocher.

À contrecœur, elle avait aussi expliqué que, deux semaines auparavant, elle avait compris que c'était Julia Wallberg, la fameuse présentatrice d'Aftonpressen-TV, qui lui en fournissait. Les policiers avaient échangé un regard : Ingrid savait que la police de Stockholm aimait bien coincer des personnalités pour des affaires de drogue, afin de montrer au public et aux politiques qu'ils prenaient le problème au sérieux. L'arrestation d'une célébrité constituait une bonne publicité pour la police, et Ingrid était certaine qu'ils allaient agir contre Julia. Avec un peu de chance, ils perquisitionneraient le domicile de la présentatrice, et c'en serait fini de sa carrière jusqu'ici si brillante. Tous dans la pièce savaient probablement que la police avait trouvé de la cocaïne dans la veste de Tommy, et que l'examen toxicologique avait montré qu'il en avait dans le sang quand il était passé par-dessus bord.

L'information circulait déjà sur internet. Ingvar Svedberg pourrait s'époumoner à chanter les louanges de Tommy, aux yeux du public il n'était déjà plus qu'un drogué ivre qui était tombé à l'eau lors d'une fête d'entreprise.

"Un accident, un terrible accident prive une femme fantastique d'un mari et une petite fille de son père bien-aimé…"

Ingrid serra les lèvres. Ingvar se racla la gorge, inspira à fond et se ressaisit.

"… je voudrais honorer la mémoire de Tommy par une minute de silence."

50

BIRGITTA NILSSON

Birgitta avait gardé un œil sur Lovisa depuis le matin, c'était le premier jour d'école de la fillette depuis que son père avait été retrouvé noyé dans l'archipel. Voir la fillette si renfermée et absente avait beau lui faire de la peine, Birgitta estimait, en accord avec le directeur et le psychologue scolaire, qu'il valait mieux pour Lovisa être au plus vite replongée dans le quotidien.

Les autres élèves étaient eux aussi plus silencieux qu'à l'ordinaire. Ils comprenaient, ils lui témoignaient du respect. Birgitta était fière d'eux : c'était vraiment une belle classe. Un jour, ils feraient de bons citoyens.

En sortant dans la cour, Birgitta aperçut Lovisa et sa mère qui se dirigeaient vers leur voiture. Ingrid Steen était vêtue de noir. Birgitta ne put s'empêcher de l'appeler. Ingrid se retourna, dit quelque chose à Lovisa et vint à la rencontre de Birgitta.

"Toutes mes condoléances, dit Birgitta. Quel accident terrible, tragique.

— Merci", dit Ingrid.

Elle chercha autre chose à dire.

"Lovisa a... vous avez une fille courageuse. Vous pouvez être fière d'elle."

Ingrid Steen hocha la tête, se prépara à rejoindre sa fille.

“Vous avez certainement beaucoup d’amis qui vous entourent, mais si vous avez besoin de quelque chose, n’hésitez pas, dit Birgitta.

— Merci”, dit Ingrid avant de tourner les talons.

Birgitta les regarda un moment s’éloigner avant de rentrer en vitesse. Elle allait préparer un bon dîner pour les jumeaux et Jacob. C’était la dernière fois qu’ils se voyaient, et elle voulait qu’ils passent un bon moment ensemble. Ils allaient soupirer, la trouver nulle, lever les yeux au ciel chaque fois qu’elle ouvrirait la bouche. Avec les années, elle s’était habituée, blindée, mais ça faisait quand même mal. Parfois, elle regrettait de ne pas avoir eu aussi une fille. Les filles étaient plus douces que les garçons. Elle aurait peut-être trouvé la vie plus légère si elle avait eu quelqu’un pour l’aimer en retour.

51

INGRID STEEN

Les buissons et les arbres qui séparaient les jardins étaient nus. La température était proche de zéro. Ingrid n'avait pas réalisé que la rue était aussi près de chez elle. Elle s'était abstenue de chercher comment s'appelait la femme dont le mari allait bientôt mourir. C'était peut-être une personne qu'elle connaissait ? Qu'elle avait rencontrée au supermarché ? Qui avait un enfant dans la classe de Lovisa ?

Elle enfonça davantage son bonnet sur sa tête.

La maison, avec ses décorations de Noël aux fenêtres, semblait paisible. Tout indiquait qu'il s'agissait de personnes honnêtes, normales. Et pourtant, il y avait au moins une femme qui haïssait assez son mari pour être prête à le tuer. Et sans doute plus d'une.

Cette zone résidentielle était une prison pour femmes sans barreaux, les femmes y étaient retenues par leur amour et leur devoir envers leurs enfants. Ingrid n'allait pas assassiner un homme, elle allait libérer une femme. Comme elle avait été libérée par la mort de Tommy.

52

BIRGITTA NILSSON

La maison était silencieuse, Jacob ronflait près d'elle. Birgitta gardait les yeux ouverts, elle résistait à l'appel du sommeil. Parfois, il prenait des somnifères : il n'avait pas été difficile d'en écraser quelques cachets supplémentaires dans son verre du soir.

Il allait mourir. Elle allait tenir sa promesse, l'aimer et lui être fidèle pour le meilleur et pour le pire, jusqu'à ce que la mort les sépare. Birgitta resterait jusqu'au bout auprès de lui. Il l'avait choisie, elle avait été flattée, avait pris son silence pour de la bonté. La méchanceté qu'on apprend à reconnaître quand on est enfant est bruyante. Elle portait encore sur son corps les marques de sa méchanceté.

Birgitta sortit doucement de sous la couette, descendit au rez-de-chaussée sur la pointe des pieds et déverrouilla la porte d'entrée. En remontant, elle ne put s'empêcher de s'arrêter dans le bureau de Jacob.

La bougie était posée sur le rebord de la fenêtre. Le chandelier venait de la mère de Jacob. Trois semaines après la mort de celle-ci, il avait frappé Birgitta avec. Pas à la tête. Non, il le lui avait balancé contre le flanc tandis que les jumeaux dormaient. Deux côtes cassées. Birgitta n'avait pas dormi pendant deux semaines. Jacob avait toujours su maîtriser ses actes de méchanceté. Et

Birgitta avait appris à maîtriser la douleur physique que provoquait la violence de Jacob. À la naissance des jumeaux, elle avait redouté qu'il s'en prenne à eux. Elle s'était très tôt promis de le tuer s'il levait la main sur l'un d'eux. Mais il ne les avait jamais touchés – ils avaient beau crier, faire du tapage ou se battre.

Birgitta entendit du bruit sur le seuil.

“Qu'est-ce que tu fais dans mon bureau ?”

53

INGRID STEEN

Ingrid observait la villa de deux étages. Elle jeta un rapide coup d'œil à sa montre. C'était l'heure. La porte d'entrée devait être ouverte, elle n'avait qu'à allumer une bougie, puis elle rentrerait chez elle. Elle regarda alentour et poussa la grille. Elle se glissa sur le gravier gelé. Elle s'arrêta devant la porte et tendit l'oreille. Tout était silencieux.

"À l'étage, deuxième chambre sur la droite", se répéta-t-elle.

Elle tourna doucement la poignée de la porte et entra. Elle sortit de sa poche les protections en plastique bleu qu'elle enfila sur ses chaussures. Ça sentait le dîner, la vie, les personnes inconnues. Sur le mur de droite, des photos encadrées qu'elle ignora. Elle ne voulait pas savoir, il ne fallait pas qu'elle sache.

Ingrid gagna l'escalier sur la pointe des pieds. Gravit une marche. Deux. Soudain, elle s'arrêta. Il y avait du bruit à l'étage. Une voix. Une voix d'homme. Étouffée, presque sifflante. Elle entendit un choc sourd. Ingrid tourna les talons, prête à se précipiter dehors.

54

BIRGITTA NILSSON

Jacob la plaqua contre le mur.

“Qu’est-ce que tu fais dans mon bureau ?”

Il ne pouvait pas être réveillé, c’était impossible. Elle avait écrasé deux cachets de somnifère dans son whisky. Ne l’avait-il pas bu ?

Jacob la releva, prit son élan et frappa. L’air quitta ses poumons quand le poing heurta son ventre. Birgitta s’effondra. Il la regarda avec dégoût.

“Tu m’espionnes ? Putain de bonne femme ! Je t’ai pourtant interdit d’entrer dans cette pièce.”

Il ne la laissa pas répondre. Il lui décocha un coup de pied. Birgitta leva les bras pour se protéger, le pied frappa son coude, et Jacob grimaça de douleur. Ses yeux s’allumèrent, brûlant de rage.

La femme qui devait allumer la bougie et s’assurer du début d’incendie allait arriver d’un instant à l’autre. Peut-être était-elle déjà dans la maison ? Mais que pouvait-elle faire ? Bien évidemment s’en aller, Birgitta ne le lui reprocherait pas.

“S’il te plaît, Jacob, je…”

Il se pencha pour l’attraper par les cheveux. Attira sa tête vers la sienne. Birgitta se redressa sur ses genoux en gémissant de douleur.

“Ça va être la ceinture, siffla-t-il. Tu vas goûter à la ceinture, sale chienne.”

Il la lâcha et tira les rideaux.

55

INGRID STEEN

Les couteaux luisaient, alignés parmi la vaisselle propre. Elle enfila ses gants fins, en choisit un grand, bien aiguisé, qu'elle soupesa. Elle en avait assez entendu. Elle regagna l'escalier et commença à monter. Faibles sanglots. Quelque part dans la maison, une porte s'ouvrit.

"Putain, sale chienne, tu ne veux pas obéir, hein ?"

Ingrid s'accroupit en haut des marches et s'immobilisa. L'homme se dirigeait vers elle, elle ne l'avait pas encore vu. Tandis qu'elle attendait, la colère montait en elle. Les pas approchaient. Il venait vers elle, il n'était plus qu'à un mètre quand Ingrid se jeta sur lui. Au dernier moment, il avait dû l'entendre, car il tourna sur lui-même, leva le bras, et elle sentit quelque chose lui cingler la joue.

Mais il était trop tard. Elle avait déjà plongé le couteau dans son ventre. Il haleta, la fixa sans comprendre. Sa bouche était ouverte, laissait échapper un gargouillis. Elle retira le couteau et frappa encore. Et encore.

Il s'effondra. Ingrid se figea, regarda le corps sans vie. Qu'allait-elle faire à présent ? Elle venait de poignarder quelqu'un.

Elle entendit de faibles gémissements. Ils ne venaient pas de l'homme, mais de la pièce fermée.

"Il est mort, dit-elle à travers la porte. Ça va ?"

Silence.

Ingrid répéta sa question.

“Ça va aller”, répondit l’autre femme.

Ingrid aurait voulu entrer, la serrer contre elle, la consoler, lui dire que pour elle aussi, l’enfer était fini.

“Restez là où vous êtes, dit Ingrid. Il ne faut pas qu’on se voie.”

Elle réfléchit.

“Voilà ce qui s’est passé : une tentative de cambriolage a mal tourné. Vous avez surpris le voleur, il a tué votre mari. Je m’en vais avec le couteau. Il faut que j’y aille, appelez la police dès que je serai partie.

— Merci beaucoup.”

Ingrid inspecta autour d’elle. Son regard s’arrêta sur la ceinture qui avait frappé sa joue. Elle la ramassa et la fourra dans sa poche.

ÉPILOGUE

Un an plus tard.

L’air était chaud : le soleil avait beau être en train de se coucher, il faisait encore plus de trente degrés dans le Sud de la Floride. Deux femmes étaient installées à une table ronde dans un bar avec vue sur la mer. De la route leur parvenaient de temps à autre un bruit de moteur ou un coup de klaxon. Ingrid Steen et Victoria Brunberg ne s’étaient jamais rencontrées, et pourtant elles partageaient le plus profond des secrets. Leur conversation était hésitante, prudente et polie.

“Vous êtes allée à la Barbade, disiez-vous ? demanda Ingrid.

— Oui, pour Noël. J’y étais déjà allée l’année dernière, avec mon fiancé, répondit Victoria Brunberg.

— Il est gentil ?

— Très gentil.”

Victoria approcha le verre de sa bouche, finit son cocktail.

“Et vous ?”

Ingrid secoua la tête.

“Non, je vis seule avec ma fille.”

Elle fit un geste vers la plage, où une fillette blonde jouait dans les vagues.

Elles ne s’étaient pas révélé leurs noms. C’était plus sûr ainsi. Elles attendaient toujours une troisième personne.

Une autre femme qu'elles n'avaient jamais vue et dont elles ignoraient l'identité, mais qui elle aussi était dans le secret de leurs libérations.

Autour d'elles, il y avait surtout des touristes. Des couples se prenaient en photo ou contemplaient la mer turquoise. Les deux femmes sursautèrent quand une voiture de police passa, sirène hurlante. Quand elle eut disparu, elles lâchèrent un rire hésitant.

"Où peut-elle donc être ? demanda Ingrid Steen.

— Peut-être qu'elle ne va pas venir ?

— On attend encore un peu, n'est-ce pas ?"

Elles appelèrent le garçon, commandèrent chacune un autre mojito. Il revint avec un plateau. Les verres étaient embués, la menthe luisait, verte sous la glace. Une femme mûre apparut, regarda alentour avant de se diriger vers leur table.

Elle saisit un fauteuil dont les pieds raclèrent le sol lorsqu'elle le tira. Elle avait les cheveux blancs, était assez maigre. Son visage pâle faisait un peu tache au milieu des touristes bronzés. Elle dévisagea la plus âgée des deux femmes attablées. Le regard interrogatif de Victoria Brunberg passa de l'une à l'autre.

"Vous vous connaissez ?"

Ingrid Steen et Birgitta Nilsson continuèrent à se regarder, avant d'éclater de rire.

SANS PASSER PAR LA CASE DÉPART

à Meja et Polly

PREMIÈRE PARTIE

1

L'autoradio diffuse *Walk Like an Egyptian* que Liv Andréasson adore.

Le chauffeur du taxi agite la tête au rythme de la musique. Il sent la transpiration et sur la nuque, à la racine des cheveux, il a de minuscules boutons rouges. De temps à autre il la reluque dans le rétroviseur, mais chaque fois elle détourne le regard.

C'est pas grave, se dit-elle. Je t'en veux pas de puer la sueur ou d'avoir bavé en me voyant sortir de l'immeuble alors que je dois avoir trente ans de moins que toi.

Quatre ans auparavant, un chauffeur de Taxi Stockholm lui a sauvé la vie. Depuis, elle leur est restée fidèle. Contrairement à ses amis, elle ne prend jamais d'Uber.

Le chauffeur cherche à nouveau à capter son regard.

Elle se détourne, observe la ville.

Un Stockholm sombre et enneigé défile de l'autre côté de la vitre.

Des rues d'hiver, un pays d'hiver.

Les gens sont emmitouflés dans des fourrures ou d'épaisses doudounes par-dessus leurs vêtements de fête. Leur respiration forme des volutes dans la lueur des réverbères.

Walk Like an Egyptian s'évanouit, et un animateur s'époumone en annonçant qu'il ne reste que six heures avant la nouvelle année. Liv avait commencé à se maquiller au milieu de l'après-midi, dans son appartement d'Oxenstiernsgatan. Officiellement, elle vit chez ses parents. C'est sans rien dire à personne qu'elle a sous-loué cet appartement en répondant à une annonce sur Blocket. Depuis trois mois ce lieu est à elle, elle peut le garder trois mois de plus. La propriétaire est partie se ressourcer à Bali. Liv s'y retrouve aussi souvent que possible après le lycée. Elle fait croire à ses parents qu'elle dort chez une copine. Qu'elle bûche. Elle passe quand même son bac cet été.

Elle n'a jamais été tentée de montrer sa cachette à qui que ce soit. Si, il y a une personne qu'elle aurait aimé inviter. Mais elle sait que ça ne se fera jamais. Le taxi bifurque et prend le tunnel sous le Söderström. De l'autre côté, les milliers de lumières de la ville se reflètent dans l'eau. Le taxi tressaute quand les pneus abordent le pont de Danviksbron. Liv attrape son sac à main et sort une bouteille de Sprite remplie de vodka. Elle boit une gorgée, fouille à nouveau dans le sac et trouve un cachet au fond de la poche latérale. Elle le pose sur sa langue, sent le goût amer se répandre dans sa bouche.

— L'année a été bonne ? demande le chauffeur.

— Si on peut dire. Ma mère est morte il y a quinze jours.

Mentir lui vient facilement depuis quelque temps. La première fois qu'elle avait sorti ce mensonge au sujet de sa mère, c'était à une fête l'année dernière. Tout d'un coup, ces mots s'étaient imposés. En voyant l'effet produit sur le mec avec qui elle discutait, elle s'était sentie libérée, presque grisée. Comme si sa mère n'existait plus. Et si sa mère n'était plus de ce monde, elle ne pourrait plus la laisser tomber.

Le chauffeur écarquille les yeux. Son embarras si visible procure à Liv une sorte de volupté. Il cherche ses mots, voudrait dire quelque chose de réconfortant, mais finit par marmonner :

— Je suis désolé.

— Nous n'étions pas particulièrement proches.

Dehors, les environs lui sont de plus en plus familiers. C'est ici, du côté chic de Skurusundet à l'extérieur du centre-ville, qu'elle a grandi. Elle avait quatre ans quand sa famille a quitté Örebro pour venir s'y installer. Les villas sont grandes, tournées vers l'étroit bras de mer. Les plus cossues ont un accès privé à la mer, bien sûr. Vues d'un bateau, les vastes baies vitrées font penser à des aquariums où des gens fortunés vivent leur vie. Liv sait de quoi elle parle : sa famille habite l'un de ces aquariums. Il n'y a plus que des taxis qui tournent encore, les SUV et les voitures de sport sont garés dans les allées des propriétés ou dans les garages. La plupart des maisons sont dans le noir. Les habitants de Skurusundet fêtent en général le réveillon du Nouvel An à l'étranger. À Chamonix, aux Seychelles, à St Anton ou aux Maldives. L'Instagram de Liv est un véritable tour du monde à cette période de l'année.

Le chauffeur se gare, Liv lui passe sa carte bleue, tape son code et sort du véhicule sans un mot. Elle rajuste sa courte robe.

Un vent froid la fait frissonner. Ses talons de 11,5 centimètres ont pour vocation de rendre ses jambes encore plus minces et longues que celles de Martina. Elles sont les meilleures amies du monde, et pourtant d'éternelles rivales. Elles se mesurent en permanence l'une à l'autre tout en se soutenant indéfectiblement. Une relation où rien n'est simple.

Alors qu'elle remonte l'allée, ses talons brisent une flaque d'eau gelée, elle trébuche et jure. Manquait plus que ça. Elle jette un coup d'œil vers la maison pour vérifier que personne ne l'a vue, agrippe la rambarde pour ne pas glisser sur les trois marches. Elle sonne.

La porte s'ouvre aussitôt.

— En avance, fait remarquer Max, en pantalon de smoking et chemise, la cravate dénouée autour du cou. C'est étrange de le voir comme ça. D'habitude il porte tee-shirt, blouson de cuir, jeans souvent déchirés. Il détonne parmi les pullovers et chemises pastel de ses camarades de classe, mais personne ne s'en formalise.

— J'étais en train de me changer, enchaîne-t-il en s'écartant pour la laisser entrer.

Elle tente de jauger sa voix. Est-il content ou aurait-il préféré rester seul encore un moment ? C'est curieux avec Max. Des fois elle lit en lui comme dans un livre ouvert, elle comprend chaque cellule de son corps. À d'autres moments, il lui est totalement étranger, comme s'ils parlaient à peine la même langue. Alors qu'ils se connaissent depuis leur petite enfance. Son regard balaie sa courte robe noire. Mais il ne dit rien. Ses yeux non plus. Ils ne font qu'enregistrer.

Elle le suit. La maison s'élève sur trois étages. C'est l'une des plus grandes et luxueuses de Skuru. Au rez-de-chaussée, une gigantesque pièce avec vue sur les eaux sombres du détroit. C'est ici qu'ils vont réveillonner. Une partie de la pièce est aménagée en cuisine avec un énorme îlot central et une table pour au moins douze convives, tandis que l'autre partie est dotée de deux volumineux canapés Svenskt Tenn recouverts d'une étoffe au design si caractéristique de Josef Frank. Décorée de meubles estampillés parmi les plus prestigieux, ainsi que d'antiquités à faire verdir de jalousie l'hôtel des ventes Bukowskis, cette immense salle est de toute évidence destinée à impressionner les convives.

Le père de Max dirige une grande banque, sa mère est femme au foyer. Quoique la notion de femme au foyer soit plutôt trompeuse. Car elle ne prend pas particulièrement soin de la maison, pas plus qu'elle ne s'occupait des enfants quand ils étaient petits. Ils ont des employés pour tout. Max est le plus jeune d'une fratrie de quatre et le seul à vivre encore sous le même toit que ses parents.

Devant l'immense baie vitrée, la table est dressée et parée d'une explosion de paillettes et d'or. Juste au-dessus est suspendue au lustre en cristal une bannière sur laquelle est inscrit *Bonne année !* Quatre bouteilles, chacune dans son seau à glace, patientent sur le plateau en marbre de l'îlot. Au moins quarante verres à pied et coupes de champagne sont alignés alors qu'ils ne sont que quatre.

— Dis donc, tu as fait fort, s'esclaffe Liv. Pourquoi tant de verres ?

— Pour ne pas être obligés d'utiliser le même verre deux fois.

— Ça fera un max de vaisselle demain.

— Pas mon problème, dit Max en haussant les épaules.

Liv s'appuie contre l'îlot. Elle caresse son propre bras des bouts des doigts, un frisson la parcourt. D'abord elle croit avoir froid, puis elle réalise que c'est le cachet qui commence à faire effet.

— On se fait un shot en attendant les autres, dit Max en s'approchant d'une vitrine à lumière intégrée. Il pose deux verres à shot sur le plateau de marbre près de Liv, sort une bouteille embuée d'Absolut Vodka d'un des seaux à glace et remplit les verres. Il verse quelques gouttes à côté, essuie avec le doigt et le met dans sa bouche. Il fait la grimace. Il répète le mouvement et avance son doigt vers la bouche de Liv. Elle lui lèche le doigt.

Vite fait. Elle aurait aimé le faire plus lentement mais n'ose pas. Ils trinquent sans un mot. Cul sec.

Ils accusent le coup, reposent les verres.

— Tes parents sont déjà arrivés. Les vieux font la fête comme si c'était leur dernière heure, dit Max.

Cette fois, son mépris n'échappe pas à Liv.

Il lui fait signe de s'approcher de la fenêtre. Montre la maison voisine. Liv reconnaît aussitôt les longs cheveux roux qui ondulent sur le dos nu de sa mère. Elle discute avec le père de Max. Liv compte huit personnes. Dont l'homme qui lui a volé sa virginité il y a quatre ans. Elle sursaute : ça faisait un petit moment qu'elle ne l'avait pas revu. Une image la traverse, son corps se fige. Elle jette un œil vers Max pour voir s'il a remarqué, mais il fixe toujours l'autre maison. Liv aurait aimé désigner l'homme et hurler "Il m'a violée", mais elle se tait. Comme toujours. Elle redoute sa réaction. Serait-il dégoûté ? Probablement.

— Tu me fais un cocktail ? lui demande Liv en le tirant vers les bouteilles d'alcool.

— Tu veux quoi ?

— Surprends-moi.

— Tu me prends pour un vulgaire barman ? lâche Max, le visage crispé.

Puis il se fend d'un grand sourire. Il balance des glaçons dans deux verres, y ajoute une bonne dose d'alcool et termine avec un peu de limonade. Il tend un des verres à Liv. Ils trinquent, croisent leurs bras droits et boivent en riant. Les verres tanguent, le contenu leur éclabousse les pieds et les vêtements.

Cette fois, c'est le fou rire.

Mais d'un coup, Max arrête de rire et se détache d'elle. Liv se retourne. Martina et Anton les fixent. Sans un mot. Le regard de Martina saute de l'un à l'autre. Inquiète. Mais pas en colère. Plutôt surprise.

Elle a déjà ôté son manteau. Elle porte une robe à paillettes et de hauts talons noirs. Plusieurs photos de sa tenue sont sans doute déjà sur Instagram. Sa chevelure blonde tombe en cascade sur ses épaules et dans son dos. Si elle est jalouse, elle ne le montre pas.

Anton, à côté d'elle, est en smoking. Cheveux peignés en arrière. Ses chaussures en cuir verni semblent trop grandes. Il s'avance vers Liv pendant que Max embrasse Martina. Liv se laisse étreindre par le corps charpenté d'Anton. Parfum Calvin Klein. Elle suit des yeux Max qui renverse Martina en arrière et l'embrasse, théâtral, comme dans un vieux film hollywoodien.

— Je sens qu'on va bien s'amuser ce soir, dit Martina en tirant Liv vers la salle de bains. Martina relève sans gêne sa robe à paillettes, descend sa culotte en dentelle jusqu'aux genoux et s'assied sur les toilettes. Liv s'appuie contre un des lavabos.

Martina est sa meilleure amie. Elle l'aime. Même si elles ne se voient plus après les cours depuis que Liv loue son appartement. En réalité, elle aurait dû mettre Martina dans la confidence. Mais elle voulait un lieu rien que pour elle. Un endroit où elle puisse être elle-même, se poser. Pas sûr que Martina aurait compris. Ou qu'elle arriverait à garder le secret.

Martina bavarde. Liv entend, mais n'écoute pas. Quelqu'un toque à la porte.

— C'est moi, dit la voix de Max.

— Attends un peu, répond Martina. Elle se lève, remonte sa culotte et arrange sa robe. Vérifie son maquillage dans la glace avant de faire signe à Liv qu'elle peut ouvrir la porte. Liv les laisse tous les deux. Alors qu'elle se dirige vers la grande salle, elle entend qu'ils ferment à clé.

À l'endroit même où Max lui mettait son doigt dans la bouche quelques minutes plus tôt, il y a maintenant

Anton. Il a son portable dans la main. Subitement les baffles se déchaînent. La musique inonde la pièce de toutes parts. Anton dit quelque chose, ses lèvres remuent, mais la musique – Rihanna lui semble-t-il – couvre tout. Il baisse le volume, fourre le portable dans la poche de son pantalon de smoking et avance vers elle.

— Qu'est-ce que t'es canon. On dirait un top-modèle.

Elle voit bien qu'il essaie de paraître sûr de lui, relax, mais elle sait qu'il est tendu. Des plaques rouges ont envahi son cou. Il tend la main pour attraper un verre.

— Toi non plus, t'es pas mal.

Elle aime bien Anton. Vraiment. Il fait partie des garçons les plus populaires au lycée, probablement parce que c'est le meilleur ami de Max. Il vit dans son ombre, tout comme *elle* vit dans l'ombre de Martina depuis l'école primaire. Dès que Max et Martina seront de retour, l'attention d'Anton changera de cible. Il redeviendra blagueur, plaisantera au sujet du décolleté de Liv, lui demandera en rigolant de lui faire une branlette.

Liv ne lui en veut pas. Il faut bien amuser la galerie. Sans arrêt provoquer Max, tout en le mettant sur un piédestal. C'est son boulot, son rôle.

Anton se tient près de la fenêtre, Liv le contemple. Il est beau, mais n'a rien du charisme de Max, ce je-ne-sais-quoi qu'on dégage naturellement. Ou pas. Pour l'instant, son attention se porte vers sa maison où la fête des parents bat son plein. Un homme en blanc se déplace parmi les invités en proposant des amuse-gueules. On entendrait presque le tintement des coupes de champagne.

— Tu penses qu'ils s'amusent ? lui demande-t-elle.

— J'étais là-bas tout à l'heure, alors je sais que non. Ils se reflètent les uns dans les autres. Chacun parle de ses propres mérites. Tout tourne autour de leurs entreprises, leurs bagnoles, leurs voyages, des trucs sans intérêt. Ils jacassent sur les malheurs et les échecs des autres. Tu les connais. Et un jour on sera exactement comme eux. Au fond, c'est hyper déprimant.

— Tu crois vraiment ça ? Qu'on sera pareils dans quelques années ? Tout aussi creux ? demande-t-elle.

Anton ricane.

— Je parie qu'il y a vingt ans, ils disaient la même chose au sujet de nos grands-parents. C'est fou de penser que de génération en génération rien ne change.

Liv voit l'homme qui l'a violée se pencher vers le plateau qu'on lui présente, prendre un canapé et l'engloutir. Elle pense à sa bouche, ses dents, elle sait trop bien ce que ça fait.

— Qu'est-ce que t'as ? demande Anton.

Il la regarde attentivement.

Liv revient à la réalité.

— Rien.

— Tu n'étais plus là tout d'un coup. T'es bourrée ou quoi ?

Elle hoche la tête.

— Oui, ça doit être ça. J'ai bu en me préparant.

— Tes parents n'ont rien remarqué ?

Elle est sur le point de se trahir au sujet de l'appartement mais se reprend à temps.

— J'ai des bouteilles cachées dans ma chambre.

Anton rit et se dirige vers l'évier, ouvre le robinet et laisse couler l'eau. Il teste la température avec le doigt avant de remplir un verre. Ce n'est pas la première fois qu'il lui sert de l'eau quand elle a trop bu. Il sait qu'elle la veut glacée. Il lui tend le verre et Liv le prend, reconnaissante. Elle adore quand Anton prend soin d'elle.

En buvant, elle repense à Max et Martina dans la salle de bains. Ils sont probablement en train de s'envoyer en l'air. Selon Martina, ils font ça très souvent. Deux, trois fois par jour. Le doigt que Max avait mis dans la bouche de Liv se trouve peut-être à présent dans celle de Martina. Leurs salives à tous les trois se mélangent. À travers Max.

C'est il y a quatre ans, presque jour pour jour, qu'il l'a violée pour la première fois. Dans le coffre de sa BMW X6. Un jour, alors qu'elle rentrait d'un match de floorball, il l'avait abordée depuis sa voiture, lui proposant de la ramener. Mais au lieu de la déposer directement à la maison, il avait demandé si ça ne la dérangeait pas qu'il fasse une course sur le chemin. Il avait bifurqué par un sentier forestier et avait garé la voiture au bord d'une plage isolée, glaciale. Sa main l'avait cherchée, frôlant d'abord son épaule avant de s'aventurer vers ses seins et jusqu'entre ses jambes. Sa bouche était entrouverte. Brusquement il l'avait lâchée, était sorti de la voiture, en avait lentement fait le tour par-devant. Il avait ouvert sa portière, l'avait doucement tirée dehors, sur l'herbe gelée. Il avait ouvert le coffre et lui avait dit de s'allonger. Ses jambes pendaient dans le vide. Il lui avait enlevé son jogging, puis sa culotte. Elle n'avait pas protesté, était restée comme paralysée tandis qu'il s'enfonçait en elle.

Plus tard le même soir, elle avait enfilé une doudoune et s'était glissée dehors, dans la nuit. Ses parents dormaient. Elle essayait de formuler ce qu'il s'était passé. Comprendre s'il s'agissait d'un viol ou pas. Elle n'avait pas refusé. Elle ne l'avait pas frappé, ne lui avait pas donné de coups de pied ni ne l'avait mordu. Non, elle avait été totalement paralysée. Et comment pouvait-il être si sûr qu'elle ne dirait rien à personne ?

Elle avait marché au hasard en direction du centre-ville. Avait quitté le quartier résidentiel familier. Elle avait longé les pistes cyclables, suivi les chemins piétonniers, traversé des quartiers de maisons mitoyennes et des zones commerciales, était passée devant de belles demeures début de siècle. Elle marchait dans le froid et la nuit noire, comme anesthésiée. Sans rien ressentir, sans penser. Ou plutôt, si, la même question lui revenait en boucle. Que lui était-il arrivé ? Après plusieurs heures de déambulation, elle s'était arrêtée sur le pont de Danviksbron. Elle avait fixé longuement l'eau noire en contrebas, puis était montée sur le garde-fou. Il n'y avait quasiment pas de circulation. Pourtant une voiture avait freiné derrière elle. Elle avait entendu les pneus crisser. Elle avait tourné la tête. Lu "Taxi Stockholm" sur la portière de la voiture. Le chauffeur était une femme. Elle était petite, ronde et avait tout d'une maman gâteaux.

— Ne fais pas ça ! avait-elle hurlé. Ne saute pas, pour l'amour de Dieu !

Liv n'avait pas répondu, s'était tournée à nouveau vers l'obscurité. La femme s'était calmée. Elle s'était approchée lentement. S'était accroupie. Avait repris d'une voix plus douce.

— S'il te plaît, ma chérie, ne saute pas. Quoi qu'il se soit passé, ça va aller. Pense à ta famille qui t'aime. À toute la vie qui t'attend.

Liv s'était retournée lentement. La femme pleurait, ses joues étaient rougies par le froid et le vent. Elle avait tendu une main implorante vers Liv. Aujourd'hui encore, Liv n'a aucune idée de ce qui l'a poussée à prendre sa main et descendre.

La femme l'avait serrée longuement dans ses bras avant de la ramener à la maison.

— Tu sais à quelle heure on va manger ?

Liv refait surface, et le souvenir de la femme qui lui sauva la vie ce jour-là se dissout, comme un comprimé effervescent. Anton la regarde. Liv prend conscience qu'elle serre très fort le verre. Elle le repose.

— Je crois que le traiteur arrive vers neuf heures.

— J'ai la dalle.

Anton se frotte le ventre, comme un gamin. Liv rit. Il sort son portable de sa poche.

— J'en ai marre d'attendre. Je vais commander quelque chose chez Foodora, marmonna-t-il. Ouais, c'est ça. Un Indien à bout de souffle sur son vélo va m'apporter une pizza.

Liv ne l'écoute plus. Elle se dirige vers l'autre bout de l'immense pièce où l'écran de télé est intégré dans le mur. Elle ouvre les tiroirs du meuble en dessous. Inspecte le contenu. Que faire pendant ces six heures à tuer ? Boire, bien sûr. Mais elle a envie d'autre chose. Sur une des étagères, un vieux jeu de Monopoly. Elle le prend, ouvre la boîte, vérifie l'état du jeu. Sans se soucier de ce qu'en penseront les autres, elle va dans le coin canapé, pose le jeu sur la table basse et sort les figurines en métal.

2

Max regarde le jeu de Monopoly sur la table. Il frémit involontairement. Jusqu'à cet instant, la soirée lui semblait plus que prometteuse, mais à présent il jette un œil sur les autres pour s'assurer que personne n'a remarqué son changement d'humeur.

Max avait dix ans. C'est lors d'une soirée jeux que tout avait explosé. Le frère aîné de Max, Johan, qui travaille dans une banque à Londres, fait bien sûr toujours officiellement partie de la famille. Il s'agit avant tout de préserver une image parfaite, le reste est secondaire. C'est au terme d'une partie de Monopoly, il y a huit ans de cela, que Johan avait coupé les ponts avec leur père. Après l'avoir frappé. À l'œil. C'était comme si toute leur enfance avait déferlé dans la colère de Johan.

Ce fut le chaos. Johan avait ensuite quitté la maison en courant dans la nuit claire de l'été. La mère de Max avait posé un sachet de petits pois surgelés sur l'œil du père, qui avait scruté le reste de la famille de son œil valide et déclaré que plus jamais personne n'adresserait la parole à Johan, ni ne ferait même allusion à son existence. La mère, Max et les deux autres enfants s'étaient résignés à obéir. Sans rien dire à personne.

Comme toujours.

Même si Max en veut à Johan pour son départ, il sait qu'il l'a fait pour lui. Que c'était pour se protéger et le protéger lui.

Depuis ce jour, le nom de Johan n'a jamais plus été prononcé à la maison.

Mais ce que le père ignore, c'est que Johan téléphone à Max deux fois par an. Pour son anniversaire le 19 juin, et pour le Nouvel An.

Max se demande si Johan va l'appeler ce soir.

Il l'espère, mais ne peut en être sûr.

Max glisse deux doigts entre son cou et le col de sa chemise, il desserre ce carcan. Déglutit. Martina tenait absolument à ce qu'il porte la cravate bien nouée et serrée. Absurde, au fond, entre quatre amis qui se connaissent depuis toujours. Mais elle veut que tout soit parfait pour les réseaux sociaux. Elle ne va pas tarder à le traîner sur la terrasse et l'obliger à poser avec elle, le bras de mer en arrière-plan.

— 4 ! crie-t-elle. Elle déplace sa voiture de sport et atterrit sur la place de Norrmalmstorg.

— J'achète.

Anton prend son portable sur la table et regarde l'écran, irrité.

— Ce putain d'Indien. Il s'est gouré de chemin. Faut pas sortir de Polytechnique pour arriver à livrer une hawaïenne. Pas de mystère si le seul job que t'as trouvé, c'est de pédaler avec de la bouffe sur le porte-bagages, espèce de singe de mes deux, dit-il à l'écran.

Personne ne réagit. Ils ont l'habitude.

— C'est pas vrai ! s'exclame Anton en leur montrant l'écran. Le type s'est arrêté, pour admirer le paysage sans doute, rien à foutre que ma pizza arrive froide. Aucune conscience professionnelle, ces livreurs de Foodora. Je devrais envoyer un mail à ses patrons pour qu'ils le virent. Tiens, on va dire qu'il a tripoté Liv. Le problème, c'est que personne ne croira qu'elle l'a rembarré. Toute la ville sait qu'elle aime ça.

Il éclate de rire, cherchant l'approbation de Max.

Max se contente d'un rictus, se renverse dans le canapé et bâille.

Liv fait mine de gifler Anton, mais il esquive. Quand elle se rassoit, sa robe remonte sur ses cuisses, si haut que Max voit sa culotte noire. Il s'oblige à regarder ailleurs.

— Trop nul ce jeu, faut qu'on pimente un peu les règles, dit-il.

Les autres se taisent instantanément, comme si quelqu'un avait coupé le courant.

— Tu penses à quoi, par exemple ? demande Liv.

— Ces bouts de papier censés être de l'argent, c'est idiot, dit Max.

Il pose son verre, prend une poignée de billets, lève le bras et en parsème la moquette :

— On n'est plus des gamins, hein ? Voilà ce qu'on va faire. On va inventer nos propres règles. Quand on arrive sur une rue qui appartient à quelqu'un d'autre, il faut soit payer…

— Soit ? demande Anton tout excité.

— Soit choisir *action* ou *vérité*.

Martina acquiesce, Liv aussi.

— Regarde Liv, dit Anton avec un ricanement. Rien que l'idée d'un peu de contact physique la fait baver. Vaut mieux protéger la moquette, sinon va y avoir des dégâts.

Martina éclate de rire, Liv ne prête aucune attention à Anton. Max se doute qu'elle n'apprécie pas ces railleries incessantes d'Anton. Mais qu'est-ce qu'il peut y faire ? Elle n'a qu'à le lui dire, si elle le trouve lourd.

Comme ils viennent de l'affirmer, justement, ils ne sont plus des gamins.

C'est à Martina de jouer. Elle lance les dés. Vasagatan, propriété d'Anton.

— Vérité, dit-elle.

Anton se penche en arrière, sirote son cocktail en la regardant.

— Tu as couché avec combien de mecs ?

Martina lève les yeux au ciel, lorgne Max, mal à l'aise.

— Je m'en fous, dit-il.

Il est sérieux, il s'en fout vraiment. Lui-même n'a couché qu'avec trois filles, alors qu'il a l'habitude de dire qu'il doit en être à peu près à cinquante.

— Mais j'ai pas envie de répondre.

— Allez, dis-le. T'as du cran, toi, dit Anton en vidant son verre.

Les glaçons tintent contre les parois.

— Je parie que tu t'en es fait cinq, grand max.

— Sept.

Max prend les dés. Les secoue et les lâche. Ils roulent sur la table. S'immobilisent. 4 et 3. Max prend son fer à repasser, l'avance de sept rues, atterrit sur Odengatan. Martina se tourne vers lui.

— Tu veux payer ?

Max réfléchit. Il regarde son tas de billets sur la table, puis secoue la tête.

— Pas question. Vérité.

— Lequel de tes frères ou ta sœur tu aimes le plus ?

Max fronce le nez.

— Qu'est-ce que tu veux dire par là ?

— Tu te trouves dans une pièce avec tes deux frères

et ta sœur. Un homme armé entre. Il te demande qui sont les deux qui doivent y passer.

Liv et Anton le fixent, suspendus à sa réponse.

— Complètement tordu comme question.

Sans pouvoir s'en empêcher, Max revit le moment, comme une scène dans un film, où le poing droit de Johan frappe son père à l'œil. Le père qui hurle et tombe en arrière. Johan qui se dresse au-dessus de lui, lève à nouveau le poing, puis s'immobilise. Se racle la gorge. Le crachat qui coule sur la joue du père.

Tu ne le toucheras plus jamais. Compris ?

Les yeux de Max se perdent dans le vide.

— Johan, murmure-t-il.

Celui qui l'a toujours protégé.

Il se lève, va chercher un des seaux à glace sur l'îlot de la cuisine. Le rapporte et le pose sur la table basse.

Ils remplissent leurs verres, l'un après l'autre.

On sonne à la porte.

— C'est pas trop tôt ! s'écrie Anton, qui se lève d'un bond. Viens ouvrir avec moi, Max.

Max obtempère. Il ouvre la porte et là, sur les marches, se trouve un homme d'un certain âge, en veste matelassée rose et bonnet sous le casque à vélo. L'homme lui tend une boîte à pizza.

— *Enjoy*, dit le livreur. Il sourit et se tourne pour repartir.

Anton ouvre le carton et touche le bord de la pizza.

— *Wait*, dit-il.

L'homme s'arrête et revient.

— *It's cold*, dit Anton en anglais avec un accent indien exagéré. La pizza est complètement froide, merde. T'as fait une pause casse-croûte-curry ou quoi ?

L'homme écarte les bras.

— Je suis désolé, monsieur, je suis tombé de vélo. Les rues sont verglacées en cette période de l'année.

— Retourne à Bombay, abruti !

L'homme serre les mâchoires, regarde ses pieds. Max a pitié du vieux, pourquoi faut-il toujours qu'Anton insiste ? D'un autre côté, il le comprend. Qui a envie de manger une pizza froide ?

Anton fixe l'homme, énervé.

— Si vous avez un micro-onde, vous pouvez peut-être la réchauffer ? dit le livreur, conciliant.

— Si nous avons un micro-onde ?

Anton ricane :

— Oui, nous avons effectivement un micro-onde. Mais ton boulot, c'est de livrer une pizza chaude.

— Je suis désolé. Vraiment.

— Tu sais quoi ? Tu vas me rembourser. Sinon je porte plainte auprès de tes patrons. Je leur dirai que tu as été désagréable. Que t'as bouffé un morceau de ma pizza. Mon ami Max confirmera. Qu'est-ce que t'en penses ? Tu vas perdre ton travail de mes deux.

— S'il vous plaît, monsieur. C'est pas juste.

— La vie n'est pas juste.

Max voit l'homme hocher lentement la tête. D'une main tremblante il sort son portable de sa poche. Un instant plus tard, Anton entend le virement arriver sur le sien. Comme si tout ça était une question d'argent. Anton passe le carton à Max et vérifie la somme. Il renifle. Claque la porte au visage de l'homme.

— Quel culot, ce vieux con, dit Anton en reprenant le carton des mains de Max.

Anton met en route le micro-onde. Max, lui, s'installe près de la baie vitrée pour voir où en sont les réjouissances des parents. Son père rit à gorge déployée en bavardant avec la mère de Martina. Il fait un grand geste du bras, éclate à nouveau de rire. Le père de famille parfait. Comme si souvent, Max sent la colère monter en lui.

Sans qu'il s'en soit rendu compte, Liv s'est glissée près de lui. Ils se taisent, l'un à côté de l'autre, leurs épaules se frôlent à peine.

Cet été ils se sont embrassés. C'est ce qu'il lui semble, en tout cas. Ce dont il croit se souvenir. Ils étaient ivres lors d'une fête dans le quartier. Ils avaient probablement fumé aussi. Martina s'était écroulée comme une masse sur un canapé. Les oiseaux chantaient, la nuit était claire et chaude. Ils avaient décidé de se baigner. S'étaient déshabillés, ne gardant que leurs sous-vêtements. Soudain, ils s'étaient embrassés. Liv avait un goût de réglisse et de tequila. Elle s'était agrippée à Max. Il s'était rendu compte qu'elle était nue en bas quand il avait senti son sexe contre sa cuisse.

— Ne le dis jamais à Martina, avait-elle chuchoté avant de retourner au ponton à la nage. Une fois séchée et rhabillée, elle était remontée à la villa.

Ils n'en avaient jamais reparlé. Mais Max y repensait. Souvent. Maintenant, il a envie de demander à Liv ce qu'il s'est passé ce soir-là. S'étaient-ils vraiment embrassés ? Ou l'a-t-il imaginé ? Il ne sait plus, tant il était ivre. Et défoncé.

— Ça te blesse quand Anton déconne comme ça ? chuchote-t-il à la place.

Liv le regarde, surprise. Est-il sérieux ? Puis elle secoue la tête.

— Non, pourquoi ? Ce n'est pas méchant, on le connaît.

Ils retournent vers les canapés. Anton a coupé la pizza en petites parts qu'il distribue. Il fait semblant de laisser tomber la pizza, dit quelque chose qui fait éclater de rire Martina. Liv aussi se met à rire.

Max se dit qu'entre eux, les échanges sont souvent durs, mais que l'amitié les soude par-delà les mots. Qu'en ce moment, tous leurs copains de classe sont entassés dans la même grande fête, mais qu'eux ont préféré rester entre eux. Et que c'est comme ça qu'ils se portent le mieux. Même entourés de plein de monde, il n'y a qu'eux quatre. Toujours. Depuis la maternelle, et même avant. Des repas ensemble, des vacances ensemble, des séances au centre équestre, des cours de golf. Ils se sont soudés en grandissant, tout comme leurs parents. Et encore plus ces dernières années. À présent, c'est comme s'ils avaient dressé un mur entre eux et le reste du monde.

Il attire Martina contre lui, enfonce sa langue dans sa bouche. Elle répond à son baiser avec avidité. Goût d'origan. Ananas. Tomate. Max goûte sa salive. Il sent le regard de Liv. Il culpabilise, sans savoir si c'est vis-à-vis de Liv ou de Martina. Et se détache de Martina.

— À qui de jouer ? demande-t-il en regardant les autres.

— À moi, répond Liv. Elle prend les dés, les lance. Deux fois 5. Elle fait sauter son navire d'une rue à l'autre. Atterrit sur Karlavägen. Elle est à Max.

— Action, dit-elle.

— Roule une pelle à Anton, dit Max.

— Sérieux ?

Anton se redresse, tout à fait partant.

— Ou bien va te rouler nue dans la neige.

— Ça, aucun problème. Si tu mets le sauna en route.

Anton s'affaisse.

— C'est déjà fait, dit Max.
Liv lui sourit.
Elle se lève, posément, traverse le salon, tire sa robe par-dessus la tête en cachant ses seins de ses mains. Max voit sa petite culotte noire et constate qu'elle ne porte pas de soutien-gorge. Le souvenir de l'été resurgit. Les autres enfilent manteaux et bottes et la suivent dehors. Liv se jette dans la neige en hurlant, se roule, se remet debout et sautille sur place.
— Putain c'est froid, putain c'est froid !
Elle saute tant qu'elle peut, pousse des cris. Passe devant les autres au triple galop, descend les escaliers vers le sous-sol où se trouve le sauna. Max entend ses pieds nus claquer sur le sol, puis le bruit de la porte du sauna.
Max, Martina et Anton retournent dans la maison.
— C'est à qui de jouer ? demande Anton.
— Encore à Liv. Puisqu'elle a eu deux 5.
Anton prend un bout de pizza, le plie et le fourre dans sa bouche.
— À quelle heure arrive le traiteur ? demande-t-il en mastiquant.
— Je leur ai demandé de servir le repas à neuf heures, alors ils vont arriver vers huit heures pour dresser la table et tout préparer.
— Qu'est-ce qu'on mange ? demande Martina.
— Tu verras, répond Max.
— Suspense, dit-elle, neutre. On pourrait faire quelques photos en attendant. Tiens.
Elle passe son portable à Anton.
Martina rajuste sa robe, rectifie la cravate de Max et lui tend sa veste de smoking. Il glisse ses bras dans les manches, se passe les doigts dans les cheveux. Ils ouvrent la baie vitrée. Max frissonne. Il allume, et d'un coup ils baignent dans l'éclat vif des projecteurs. Ils lèvent leurs

coupes de champagne, s'appuient contre la rambarde. Max pose son bras sur les épaules de Martina. Elle avance une jambe devant l'autre – les jambes paraissent plus minces comme ça, avait-elle déclaré une fois – puis elle affiche son plus beau sourire.

— Allez, mon petit Max, fais-lui un sourire, l'encourage Anton.

Il prend une série de photos, Martina change de position, mais reste figée dans son sourire.

— Fais voir.

Le sourire s'évanouit. Martina se détache de Max et arrache son portable des mains d'Anton. Elle inspecte les photos attentivement.

— C'est bien, tu t'en sors pas mal, le félicite-t-elle.

— Manquerait plus que ça, vu les dizaines de milliers de photos que tu m'as déjà fait prendre de vous deux.

De l'autre côté de la baie vitrée les attend Liv. Elle s'est rhabillée, ses cheveux sont encore humides. Son visage est rouge tant elle a chaud. Ou froid.

Max éteint les projecteurs de la terrasse, ils rentrent dans la maison. Martina déclare qu'elle a besoin de quelques minutes pour choisir une photo et écrire une ligne ou deux. Elle a onze mille followers sur Instagram et le double sur Snapchat.

Anton remplit les verres. Écluse le sien.

— Je vais faire pleurer le colosse, dit-il dans un rot avant de se diriger vers les toilettes.

Liv est assise par terre, les jambes croisées, pieds nus. Max est affalé dans le canapé, jambes écartées. En silence. Lui revient à l'esprit ce qu'Anton lui a raconté l'autre jour. Qu'il avait vu Liv entrer dans un immeuble dans le quartier de Gärdet.

Ils s'étaient dit qu'elle couchait probablement avec un homme plus âgé.

— Tu sors avec quelqu'un en ce moment ? demande-t-il en lui servant du champagne.

— Non.

— Anton dit que tu vois un type en ville.

Liv fronce les sourcils.

— N'importe quoi.

— Il dit qu'il t'a vue passer sous un porche dans Oxenstiernsgatan il y a quelques semaines. Avec un mec qui avait genre quarante ans.

— Ça va pas la tête ? Il est complètement à côté de la plaque, Anton.

Liv boit quelques gorgées de champagne et repose la coupe sur la table.

— Non, dit Liv en regardant Max droit dans les yeux. Je ne vois personne. Depuis longtemps.

Les autres reviennent, se réinstallent et le jeu reprend. Max jette un œil sur son portable de temps à autre. Johan n'a toujours pas appelé.

C'est à Max de jouer quand son téléphone se met à vibrer. Il voit que c'est Johan. Il bondit sur la terrasse, referme la baie vitrée avant de répondre.

— Salut frérot, dit Johan. Comment va ?

— Bien, et toi ?

— Pas mal. On se met à table. Et toi, tu fais la fête où cette année ?

— À la maison.

— Seul ?

— Non, avec Anton, Martina et Liv.

— Et où sont maman et les autres ?

— Truls est en Scanie. Sara fait du ski à Åre, je crois. Maman est chez les parents d'Anton. Ils font semblant de faire la fête.

Johan rigole. Un vent glacial arrive de la mer.

— Mais tu vas bien ? demande Johan. Le ton est affectueux. Peut-être inquiet.

— Tout roule. Nickel.

Petit silence.

— Je vais être papa, dit Johan. C'est une fille, elle va naître en juin. Peut-être le jour de ton anniversaire.

— Super ! Elle va s'appeler comment ?

— On sait pas encore. T'as des suggestions ?

— Non, mais je vais y réfléchir.

— Bien. Tu me diras. Je ne l'ai encore dit à personne. C'est un peu tôt. Mais bon, maintenant t'es au courant. Tu pourras peut-être venir à l'automne, faire sa connaissance. T'auras passé le bac à ce moment-là.

— Ce serait sympa, répond Max.

— Cool. On se fera un match de foot alors. Arsenal. Peut-être Chelsea. Je t'invite.

Une voix de femme de l'autre côté de la mer du Nord s'adresse à Johan. Il répond en anglais.

— Bon, on va bouffer. C'était chouette de discuter. On se redira pour le voyage. Prends soin de toi, p'tit frère.

Max raccroche. Le portable serré dans la main, il appuie ses avant-bras sur la rambarde. Fixe l'obscurité. Il se remémore l'échange, mot après mot. Il est content pour Johan. Il a une boule dans la gorge. Une larme coule sur sa joue.

Il inspire profondément. L'air est glacial.

Dans son dos, quelqu'un tape à la vitre. Il essuie la larme vite fait avant de se retourner.

Martina écarte les bras de l'autre côté de la baie vitrée.

— C'était qui ? demande-t-elle au moment où il ouvre la baie pour rentrer au chaud.

— Le traiteur, répond Max. Ils avaient du mal à trouver.

3

Martina Liska n'est pas très fan d'alcool. Pourtant elle a déjà bu deux coupes de champagne et deux grogs alors que la soirée a à peine commencé. Elle se laisse trop facilement influencer. Au fond, elle préfère ne pas boire du tout, mais elle sait d'avance qu'elle cède vite à la pression des autres. Martina déteste par-dessus tout qu'on lui fasse des remarques ou qu'on lui pose des questions, elle se sent tout de suite jugée, pointée du doigt.

La pièce se met à tourner autour d'elle. Elle voit Max bouger son pion sur le plateau de jeu et elle l'entend dire "action" en atterrissant sur une rue qui appartient à l'un des autres.

Elle est assise de façon à pouvoir suivre les événements dans l'autre maison. Bien sûr elle n'a pas vraiment besoin de voir sa mère pour savoir comment tournent les choses. Mais elle est quand même attentive à ses mouvements. Elle s'agite de plus en plus, élève la voix, devient plus agressive, ou bien elle tombe dans une sentimentalité larmoyante.

— Te raser la tête, dit Liv.

Martina sursaute, elle a dû mal entendre. Liv et Max se regardent, Max éclate de rire.

— Vous êtes complètement tarés. Pas question qu'il se rase le crâne, s'indigne Martina.

Elle fusille Max du regard.

— Ça, tu n'as pas le droit. Je te l'interdis.

Liv tente de s'interposer, de dire quelque chose. De défendre Max. De faire comprendre à Martina que c'est pour rire. Mais en fait, qu'y a-t-il de drôle ? Il aura l'air d'un débile.

Martina se penche en avant, lève la main pour arrêter Liv.

— Désolée, mais j'essaie de discuter avec mon copain.

Liv se tait instantanément. Mais au moment où Martina va s'adresser à lui, Max se lève et s'éloigne. Martina reste plantée là, pétrifiée. Liv et Anton suivent Max en direction de la salle de bains. Martina est sur le point de leur emboîter le pas quand elle voit son père en pleine conversation avec sa maîtresse. Plus loin, elle aperçoit sa mère, Victoria. Qui n'a pas l'air de leur prêter attention. Peut-être déjà trop ivre ? Martina se résigne à suivre les autres.

Max est assis sur l'abattant des toilettes, une serviette sur les épaules. Liv est déjà en train de lui passer une tondeuse électrique bruyante dans les cheveux. Des touffes sombres s'accumulent autour de ses pieds.

— Va pour un mohawk. Liv, ne rase que les côtés, crie Anton.

Martina a envie de hurler. De se jeter sur Liv, de lui arracher l'appareil, mais c'est déjà trop tard. Les autres sont morts de rire. Martina est au bord des larmes. En même temps elle a honte. Cheveux ou pas, quelle importance, au fond ? Aucune. Non, c'est le fait qu'il ne l'écoute plus. Que son opinion, qu'il tenait en si haute estime autrefois, ne compte plus pour lui. Ça la terrorise. Parce qu'elle sait que c'est toujours le début de la fin.

Au début de leur histoire d'amour, Martina avait été au comble du bonheur. Elle avait eu le sentiment d'être enfin arrivée à bon port. Ils allaient tellement bien ensemble ; c'était comme si tout le monde au lycée leur enviait leur relation. À quel moment cela avait-il commencé à mal tourner ?

Martina n'a plus envie d'assister à la scène. Elle tourne le dos aux autres et se dirige vers le salon, leurs voix surexcitées dans les oreilles. Elle sort une bouteille de vodka du dernier seau de glace sur l'îlot de cuisine.

Elle dévisse le bouchon.

Renverse la tête, avale quelques grosses lampées. L'alcool lui arrache la gorge, lui brûle l'estomac. Elle réprime l'envie de vomir.

Il faut qu'elle se calme, elle s'en veut de réagir comme ça.

— Arrête. Relax. Sois mignonne et tu verras qu'il t'aimera davantage, se dit-elle à voix basse.

D'où vient ce besoin de tout contrôler ? Elle sait pourtant qu'elle ne doit pas se comporter comme ça avec Max, qu'elle va parfois trop loin. Limite névrotique. Mais c'est plus fort qu'elle. Martina sait pourquoi. Sur un forum sur le net qu'elle n'avouerait jamais avoir consulté – plutôt crever –, un psychologue raconte que les enfants de parents alcooliques auraient tendance à développer un fort besoin de contrôle sur leur environnement du fait d'avoir été totalement impuissants face aux problèmes durant leur enfance.

Martina se laisse tomber lourdement dans le canapé. Les yeux dans le vide.

La première fois qu'elle a compris que son père trompait sa mère, c'était il y a trois ans. Sa mère buvait déjà à l'époque. Et Martina la haïssait pour ça. Cependant, cette façon de boire en cachette, que Martina trouvait jusqu'alors incompréhensible, pouvait donc s'expliquer.

À dater de ce jour, la situation devint un peu moins compliquée à gérer.

Martina l'avait découvert lors de vacances en famille en Thaïlande. Elle avait emprunté le portable de son père à son insu, histoire de voir si, parmi les photos qu'il avait prises d'elle, certaines pouvaient lui être utiles pour ses réseaux sociaux. À cet instant, son père avait reçu un SMS et elle l'avait ouvert par pur réflexe : Nicole. De toute évidence, ils étaient intimes. Il y avait même des photos d'elle nue. Mais ce qui lui avait fait le plus de peine, c'est un SMS de son père racontant combien il s'ennuyait lors de ces vacances. Combien Nicole lui manquait, à quel point il aurait préféré être avec elle qu'avec sa famille. Martina s'était demandée si sa mère était au courant, mais en s'introduisant dans des échanges entre ses parents, elle avait très vite compris que sa mère n'était dupe de rien.

Des textos où elle disait combien elle souffrait de cette humiliation.

D'autres où elle lui disait à quel point il était odieux.

Même des SMS où elle menaçait de tout raconter à leurs filles.

Martina avait consulté les dates et horaires des messages. À plusieurs reprises les échanges avaient eu lieu pendant le voyage, à des moments où ils mangeaient ensemble tous les quatre.

Martina n'avait rien remarqué.

C'était comme si elle vivait parmi de parfaits inconnus. Qui visiblement avaient perdu tout amour et tout respect l'un pour l'autre.

Pendant le reste du séjour, elle n'avait plus échangé un mot avec son père. Il lui avait plusieurs fois demandé si elle était fâchée, mais elle avait refusé de répondre.

Le pire, c'est qu'elle n'avait personne avec qui parler. Pas avec sa mère, qui lui faisait pitié – elle était de toute évidence ravagée. Ni avec son père, il n'aurait rien compris – puisque c'était lui qui poussait toute la famille vers le gouffre. Et pas avec ses meilleurs amis. Qu'en penseraient-ils ? Elle savait que si la rumeur se répandait par la bande ou au lycée, cela se retournerait bien sûr contre elle mais aussi contre sa petite sœur. Martina voulait à tout prix protéger Adrienne, encore si innocente et sans défense. Malgré la différence d'âge de presque dix ans, les deux sœurs étaient très proches. Martina voulait surtout éviter qu'Adrienne soit, comme elle, déçue par les adultes. Elle y veillerait.

Martina se doutait bien qu'il y avait des failles et des secrets dans toutes les familles. Une fois, Max avait raconté avoir reçu une claque de son père quand il était petit. Mais quand Martina lui en avait reparlé le lendemain, Max s'était énervé. Il avait dit qu'elle avait mal compris et lui avait reproché de trop boire.

Les cris et les rires de ses amis approchent. Max a l'air vraiment grotesque. Liv lui a presque entièrement rasé le crâne. Seule subsiste au milieu une rangée de cheveux bruns. Martina prend sur elle et se met à rire avec eux. Elle sent que Max se détend, il lui sourit. Entoure ses épaules de son bras. Une chaleur se répand dans tout son corps.

— Je rase le reste demain, lui chuchote-t-il.

Sa voix a quelque chose d'apaisant.

— Fais comme tu veux, chuchote-t-elle en retour. Pour moi t'es de toute façon le plus beau.

Liv est sur le point de lancer les dés quand on sonne à la porte.

— Le traiteur, dit Max en se levant pour ouvrir. On s'installe à l'étage pendant qu'ils dressent la table.

Martina sort son portable, prend une photo du jeu, puis Liv et elle ramassent le tout et l'emportent à l'étage. En silence. Martina s'est fait la réflexion régulièrement ces derniers temps : entre Liv et elle, c'est mieux si elles sont en compagnie des garçons. Dans ces moments, elles font un effort, elles rient. S'amusent. Quand elles sont seules toutes les deux, c'est parfois un peu gênant. Au fond, elles se sont probablement éloignées l'une de l'autre en grandissant. Martina ressent de la nostalgie de quand elles étaient plus jeunes. C'était plus simple. À présent, c'est un peu comme si Liv l'évitait, lui cachait quelque chose.

La pièce à l'étage donne également sur le détroit, mais la vue sur la fête des parents est un peu moins directe. Tant mieux.

Le sol est recouvert d'une moquette qui a coûté trois cent cinquante mille couronnes au dire de Max. Pas évident d'y marcher en talons hauts, alors Liv s'en débarrasse. Martina consulte la photo du jeu et elles commencent à tout remettre en place. Martina a envie de quitter ses chaussures comme Liv mais hésite. Elle n'aime pas ses jambes. Sans talons hauts, elles semblent plus courtes, plus épaisses. Et ce soir, elle voudrait vraiment que Max la trouve belle.

Au retour des garçons, ils se remettent aussitôt au jeu. C'est à Anton de jouer. Deux fois 3.

— Action, dit-il.

Martina le voit faire un clin d'œil à Max.

Ils ont visiblement manigancé quelque chose. Par rapport à Liv. Mais au moment où Max va parler, Liv le coupe.

— On a oublié le champagne, dit-elle. Je vais le chercher.

— Non, dit Max fermement. Anton, ton action sera d'aller chercher deux bouteilles dans la cave de mon père. Des chères. Pas de la pisse de chat. Au moins dix mille couronnes la bouteille.

— Mais…, proteste Anton.

— Je n'ai pas fini. Si tu n'es pas sûr du prix, démerde-toi avec Google. Tu les ramènes. Je t'expliquerai la suite.

Anton se lève. Traîne des pieds. Visiblement déçu que son gage ne concerne pas Liv. En attendant Anton, Liv fait circuler la bouteille de vodka. Martina prend une copieuse gorgée. Liv se met à parler à Max d'un jeu télévisé qu'elle aime bien. Il écoute attentivement et Martina ressent une pointe de jalousie. Liv est capable de faire rire Max, et surtout de retenir son attention. Martina n'y parvient pas aussi facilement. Surtout depuis quelque temps. Martina ne sait pas comment elle s'y prend.

Elle intervient, voudrait participer à l'échange, mais du coup plus personne ne dit rien. Ils gardent le silence jusqu'au retour d'Anton.

— C'est laquelle la plus chère ? demande Max.

— Celle-ci, répond Anton.

Il lève la bouteille de la main droite.

— Vide-la.

Martina lit l'incompréhension sur le visage d'Anton.

— La vider ?

— Oui. Sur la moquette.

— Mais ton père va me tuer. T'imagines s'il apprend que c'est moi ?

Max se lève.

— On soulève le canapé, tu verses le vin, et on le remet en place. Personne ne s'en rendra compte.

Anton a toujours l'air hésitant, ce que Martina comprend parfaitement. Max descend au rez-de-chaussée chercher un tire-bouchon. À son retour, il débouche les deux bouteilles. Il demande à Martina et Liv de lui donner un coup de main pour renverser le canapé en arrière.

— Maintenant on décrasse ce bordel, dit-il, surexcité, en buvant au goulot de l'autre bouteille. Anton hoche la tête, s'approche du canapé et commence à vider la bouteille sur la moquette. Il interrompt le mouvement aussitôt. Au lieu de juste tout vider, il se penche en avant et se met à dessiner un pénis avec le filet de vin.

Max hurle de rire.

— Bien !

Anton continue, mis en confiance par les encouragements de Max. Le vin est vite absorbé par l'épaisse moquette.

Martina et Liv laissent retomber le canapé dans un bruit étouffé. Aucune trace. Rien de plus facile que de dissimuler un péché, finalement.

— C'est à qui de jouer ? demande Martina.

— Encore moi.

Anton reprend les dés, les secoue et les jette. Un 1 et un 2. Il déplace son pion de trois cases. Encore une rue qui appartient à Max, et dotée d'un hôtel en plus.

Les regards d'Anton et de Max se croisent, l'air entendu. C'est maintenant, se dit Martina, que Max va lui dire de rouler une pelle à Liv. Mais non. Max montre du doigt le rez-de-chaussée où les traiteurs s'activent au dîner.

— T'as bien dit que tu la trouvais mignonne, la Chinetoque en bas, hein ?

— Euh oui ?

Max n'enchaîne pas tout de suite. Fait durer le suspense.

— Va lui dire que tu voudrais discrètement lui poser une question. Et tu lui demanderas combien elle prend pour te tailler une pipe.

Martina s'attend à des protestations de la part d'Anton, mais il explose de rire. C'est bien lui, ça.

— Non, mais t'es vraiment malade ! dit-il, admiratif.

Martina veut leur dire qu'ils dépassent les bornes. Elle cherche le regard de Liv. Mais Liv a les yeux rivés au sol. Martina ouvre la bouche, mais ravale ses mots. Les autres vont la trouver chiante. Et elle ne veut pas être celle qui gâche l'ambiance. Anton descend, Martina s'approche de la fenêtre. Là-bas, près d'un des piliers sous la maison des parents d'Anton, son père Karl est en train de fumer un cigare.

À ses côtés Nicole.

La mère d'Anton.

Son père jette un rapide coup d'œil alentour, prend Nicole dans ses bras et l'embrasse. Martina pousse un râle, sent la panique envahir tout son corps en voyant Liv la rejoindre à la fenêtre.

4

L'escalier grince sous les pas d'Anton. Loin de se précipiter, il descend plutôt au ralenti, mal à l'aise à l'idée de ce qu'il doit accomplir. Mais il sait qu'il n'a pas le choix, il ne peut pas se dégonfler. Les trois autres à l'étage sont les seuls au monde à qui il tienne vraiment. Et il sait que c'est réciproque. Franchement, ce n'est pas la fin du monde. Ce n'est sans doute pas la première fois que cette nana se farcit une proposition indécente. Lui, au moins, n'est pas un vieux schnock avec un gros bide et des hémorroïdes. Lui, c'est un vrai cadeau. Qui sait ? Elle sera peut-être même ravie à l'idée de se faire un extra. Il entend la porcelaine cliqueter et leur tranquille bavardage dans une langue étrangère pendant qu'ils s'occupent des préparatifs. Anton s'arrête sur la dernière marche, à hauteur d'une photo de la famille Ludwigsson.

Les quatre enfants sont alignés avec les parents sur une plage, devant un soleil couchant, tous en maillot de bain.

Max est si maigre que ses côtes saillent sous la peau tendue. Son frère Johan se tient à côté de lui, son bras entourant ses épaules. Ils fixent l'appareil photo, visages graves. Max doit avoir dans les cinq ans. Déjà à l'époque, Anton et lui étaient les meilleurs amis. Anton croit se souvenir que la famille Ludwigsson était allée à Majorque.

Il regarde la photo de plus près. Quelque chose cloche, sans qu'il arrive à savoir quoi.

Il entend des pas et quelqu'un qui s'arrête près de lui. C'est la fille à qui il doit demander son tarif pour une pipe. Elle lui sourit gentiment. Anton hoche la tête.

— C'est presque prêt, dit-elle. Vous avez faim ?

— Je dois juste passer aux toilettes, répond-il avant de se faufiler devant elle.

Anton ferme la porte à clé, se laisse tomber sur l'abattant. Se penche en avant, pose les coudes sur ses genoux. Inspire profondément, plusieurs fois. Il n'a vraiment pas envie de faire ça, mais il sait qu'il n'a guère le choix. Sinon, pour qui passerait-il ? Les effluves venant de la salle à manger sont exquis. Le sourire de la fille reste gravé sur sa rétine, elle est mignonne, sympathique. Ça ne doit pas être marrant d'avoir à bosser le soir du réveillon du Nouvel An. Elle aurait sans doute préféré rester à la maison avec des copains. Où habite-t-elle ? Probablement dans un de ces ghettos à métèques : Rinkeby, Tensta, Hjulsta ou Akalla. L'"Orient-Express" comme on surnomme la ligne bleue du métro. Peut-être même que son petit ami est un délinquant qui ne tardera pas à lui régler son compte.

Et s'il remontait à l'étage dire aux autres que ça y est, c'est fait ? Ils ne descendraient quand même pas vérifier auprès de la fille. Il faut qu'il se décide. Il pourrait dire qu'elle l'a pris pour une plaisanterie et a bien rigolé. Non, ils ne le croiraient pas. Il est assez bon menteur, mais pas avec eux. Avec eux, il est transparent comme un aquarium, ses sentiments sont des poissons multicolores. C'est comme ça, depuis toujours.

Il repense au livreur de Foodora et à quel point il a été odieux. Putain, vraiment nul, se dit-il. Ça arrive à n'importe qui de se casser la gueule à vélo quand les rues sont verglacées.

Anton sort son portable et renvoie les sous, accompagnés d'un bon pourboire. Et dans le message joint, il ajoute *Bonne année.*

C'est les mains moites qu'il se lève et déverrouille la porte, se glisse dehors. Le fumet des plats se fait encore plus alléchant. Sur une grande assiette il aperçoit des homards, sur une autre des tranches de filet de bœuf. Des salades. Des sauces. Beaucoup trop copieux pour quatre personnes, assurément. Elles sont trois filles à s'affairer. D'une certaine façon, qu'il n'y ait pas d'homme dans l'équipe lui facilite la tâche.

Il se redresse.

Bombe la poitrine et s'approche de la fille.

— Oui ? dit-elle, avenante.

— Je voudrais te parler, dit-il d'une voix dure.

— Il y a un problème ?

Elle sourit toujours, un peu sur la défensive. Les deux autres se sont arrêtées dans leur besogne.

— Tu peux venir avec moi ?

Tout est silencieux à présent. La fille regarde ses deux collègues, puis hausse les épaules et le suit dans le hall. Anton enclenche discrètement la fonction enregistrement de son portable.

Il s'arrête près de l'escalier, devant la photo de la famille Ludwigsson. Se racle la gorge. Elle fait une tête de moins que lui, ses yeux qui se lèvent vers les siens sont toujours aussi bienveillants.

— Tu prends combien pour me sucer ?

Pendant une seconde, on dirait qu'elle va le gifler.

— Pardon ? demande-t-elle.

— J'ai dit : je veux que tu me suces.

Elle a l'air affligé, humilié. Elle ouvre la bouche pour dire quelque chose, mais Anton ne saura jamais quoi. Elle renonce, tourne les talons et repart dans le salon. Il interrompt l'enregistrement. Fixe son dos qui s'éloigne. Mission accomplie.

Quand Anton remonte à l'étage, l'ambiance a changé. Il était sûr que les autres l'attendaient, surexcités, mais ils ne réagissent pas quand il leur fait écouter l'échange. Que s'est-il passé ? Anton essaie de lire sur leurs visages. Sans succès.

Il boit à même la bouteille et la repose sur la table.

— En tout cas, elle avait l'air d'en mourir d'envie, dit-il en riant. Mais qui ne mourrait pas d'envie de me tailler une pipe ?

Même Max ne rit pas. Tout le monde se tait.

— Qu'est-ce qui se passe ? demande-t-il.

— Non, rien, répond Liv en secouant la tête.

— C'est bientôt prêt ? Je crève la dalle, dit Martina.

Max est à moitié allongé sur le canapé, une bouteille de vin sous le bras. Pendant l'absence d'Anton il est allé en chercher une autre. Il est complètement HS, indifférent à la performance d'Anton.

— Faut qu'on arrange encore les règles, se contente-t-il de dire.

Soudain, Anton prend conscience de ce qui le chiffonnait sur la photo de famille.

Max parle, mais pour une fois Anton a l'esprit ailleurs.

Jusqu'à l'âge de quinze-seize ans, Anton n'avait jamais vu Max en maillot de bain. Il ne participait quasiment jamais aux cours d'éducation physique, et quand ça lui arrivait, il manquait le cours suivant pour rentrer se doucher à la maison. Il disait qu'il trouvait les douches de l'école trop dégoûtantes. L'été il ne se baignait pas, il restait à attendre les autres sur le ponton ou à la plage.

Anton entend les dés rouler sur la table basse. Il se ressaisit, chasse le souvenir. Martina se penche, déplace son pion.

Pousse un soupir de dépit en tombant sur la case prison.

— Rouler une pelle à Anton, dit Max.

C'était de toute évidence ce que Max entendait par "arranger les règles". Martina le fixe comme si elle avait mal entendu.

— À Anton ? Tu déconnes ?

— Rouler. Une. Pelle. À. Anton, répète-t-il d'une voix agacée, comme s'il parlait à un enfant obtus.

— Mais…, commence Martina. Elle s'interrompt en voyant Max lever les yeux au ciel.

Anton est mal à l'aise. Martina est la copine de son meilleur ami, et son meilleur ami veut qu'ils s'embrassent. C'est aberrant, mais en même temps il ressent une étrange excitation. Bien évidemment qu'il a envie d'embrasser Martina. Qui n'en aurait pas envie ?

— Allez, Martina chérie, fais pas ta chochotte, lance Max. Toi t'es partant, Anton, pas vrai ? Ce n'est pas non plus la mer à boire.

Anton regarde ses mains, se tortille. Il essaie de cacher sa nervosité.

Martina arrache la bouteille des mains de Max, rejette la tête en arrière et avale une bonne rasade. Puis elle s'avance vers Anton assis dans le fauteuil. Elle s'installe à califourchon sur lui. Se penche en avant et lui enfonce sa langue dans la bouche. Anton a la tête qui tourne. Son sexe se gorge de sang. La salive de Martina a un goût d'alcool.

— Touche-la, dit Max. Pelote-lui les nichons.

Anton hésite avant d'obéir. Ses mains glissent de la taille de Martina à ses seins, s'attardent. L'excitation le submerge. Martina enfonce sa langue encore plus profondément, la remue encore plus vite, comme si elle voulait prouver qu'elle aime ce qu'elle fait. Peut-être veut-elle rendre Max jaloux ? Anton répond à son baiser avec de plus en plus de conviction. Brusquement la langue de Martina disparaît, laissant un vide. Elle détourne le visage, se lève, rajuste sa robe et retourne à sa place.

Il se demande combien de temps ils se sont embrassés.

Dix secondes ? Dix minutes ?

Anton lorgne Liv, il veut savoir comment elle réagit. Mais son visage est inexpressif. Vide. Personne au monde n'est aussi difficile à percer que Liv. Il a pourtant passé tant d'heures, tant d'années à essayer.

Il sait qu'elle loue un appartement dans le quartier de Gärdet. Quand il a abordé le sujet avec Max, il s'est senti obligé de mentir en ajoutant l'histoire d'un homme plus âgé qui l'accompagnait, afin de justifier pourquoi il l'avait suivie. Ça semblait plus crédible comme ça. Il se demande pourquoi elle ne leur a pas parlé de cet appartement, c'est étrange, totalement inexplicable en fait, mais il ne veut pas la trahir. Quelque chose en elle est cassé, une partie d'elle est perdue à jamais, et il voue pratiquement chaque seconde de sa vie à chercher comment lui venir en aide. Au fond de lui, il sait que c'est Max qu'elle aime. Impossible de ne pas voir la jalousie qui la dévore parfois. Mais jusqu'à cet été il pensait que Max était totalement indifférent.

De la fenêtre, Anton les avait vus avancer dans l'eau, se baigner, nager et rire. Ils semblaient en parfaite symbiose et il s'était alors dit qu'il ne serait jamais comme ça avec elle. Ou avec aucune autre fille, d'ailleurs. Quand Max et Liv étaient tous les deux, il ne les reconnaissait plus.

Tout d'un coup, comme au ralenti, il avait vu Max se pencher et l'embrasser. Elle avait répondu passionnément à son baiser, avant de se détacher de lui et de repartir à la nage.

Impossible de savoir combien de temps avait duré le baiser, exactement comme à l'instant avec Martina.

Il est persuadé que Martina n'est pas au courant.

Anton se dit que Max lui a peut-être imposé ce gage pour soulager sa conscience. Et que maintenant, ils sont quittes.

Pendant qu'Anton se perd dans ses pensées, la partie continue. C'est à Liv de jouer, mais il n'a pas entendu en quoi consiste son gage. Il la voit simplement se lever et descendre les escaliers, Max sur ses talons.

Anton et Martina restent figés, évitant le regard de l'autre.

Un silence pesant s'installe.

Il finit par attraper la bouteille, la lever dans sa direction :

— Tchin-tchin !

Elle y répond avec la bouteille de Max, sans enthousiasme. Anton se demande s'il la dégoûte, il a peut-être mauvaise haleine. L'instant d'après, il se demande aussi si Max et Liv sont en train de s'embrasser au rez-de-chaussée. Et pour la première fois il est tenté de raconter à Martina la scène de baignade dont il a été témoin. Max sait – ce n'est un secret pour personne – qu'Anton est amoureux de Liv. Mais il a fallu qu'il l'ait, elle aussi. Alors qu'il a déjà Martina.

En relevant les yeux, il voit Martina essuyer une larme qui a laissé une traînée blanche dans son maquillage.

— Qu'est-ce qu'il y a ?

— Rien, répond-elle.

Un court instant il croit qu'elle est au courant. Il aimerait que ce soit le cas.

— Ta mère…, dit-elle, mais elle se tait en entendant des pas dans l'escalier.

Max les appelle :

— Elles sont parties, on peut passer à table. Range le jeu et descends-le au cas où on voudrait continuer après manger.

Il se retourne, disparaît.

— Qu'est-ce que tu allais dire ? demande Anton au bout d'un moment.

— Rien.

— Mais tu…

— Rien, je te dis. T'es sourd ou quoi ?

Martina lui lance un regard hargneux. Anton se lève et va à la fenêtre, chancelant. Il observe sa propre maison. Aperçoit des silhouettes en train de fumer près des piliers qui la soutiennent.

Dans son dos, Martina ramasse les différentes pièces du jeu après les avoir photographiées une nouvelle fois. Anton se dit que c'est risqué de la part de leurs parents de se tenir là. Il se demande si son père leur a dit que les piliers ne sont plus en bon état. Mais qu'ils n'ont pas les moyens de les faire réparer en ce moment. Un soir, le père d'Anton, ivre après avoir sifflé une bouteille de whisky hors de prix, lui avait confié que son cabinet de courtage ne se portait pas si bien que ça. Qu'il était au bord de la faillite. Son père lui avait fait promettre de ne rien dire à personne. Surtout pas à sa mère. Au lieu de compatir, Anton n'avait ressenti que du mépris et du dégoût.

Son père s'est toujours vanté d'être le plus compétent et le plus brillant, le meilleur courtier de Suède. Capable de vendre de la neige à un Eskimo. Et maintenant ? Il n'a pas de quoi faire réparer sa propre maison, ils n'auront probablement même pas les moyens de rester à Skuru jusqu'à l'été. Si les choses ne s'arrangent pas au plus vite, ils seront peut-être obligés de vendre la maison et de prendre un appartement.

Anton préférerait mourir que d'en parler à qui que ce soit. Même à ses meilleurs amis.

DEUXIÈME PARTIE

5

Le dîner est exquis. Il y a beaucoup de choses dans la vie que Liv n'apprécie pas, mais manger, si. Elle adore. Pas comme Martina qui s'excuse avec un sourire après chaque repas pour aller aux toilettes se faire vomir. Au début, Liv avait bien tenté d'en discuter avec son amie, mais avec le temps elle a dû se faire à l'idée que c'est ainsi que Martina gère son rapport à la nourriture.

Elle espère seulement qu'elle arrêtera un jour de se torturer les boyaux.

Max, attablé au centre des convives, une serviette blanche fourrée dans le col de sa chemise, lève son verre.

— Pour vous, mes chers amis, et pour l'année fantastique qui nous attend.

Les autres trinquent en retour. Ils mangent en silence. Liv lorgne Martina qui picore son homard du bout de sa fourchette. Elle pêche un tout petit bout de chair blanche, lève la fourchette jusqu'à sa bouche. Mâche, le regard vide.

Martina rumine sans doute ce qu'elles ont vu à la fenêtre tout à l'heure. Liv pense à la réaction de Martina, non pas à ce qu'il s'est passé, mais au fait que Liv l'ait vu aussi. Martina se préoccupe toujours de ce que les autres pensent d'elle et de sa famille. Préserver les apparences. Voilà pourquoi c'est si dur pour elle.

Mais Liv savait déjà que le père de Martina couchait avec d'autres femmes.

Quand elle passe ses soirées en ville, elle va régulièrement dans un restaurant chinois qui ne paie pas de mine, près de Karlaplan. Elle y va pour boire un verre, dessiner dans son cahier, parfois lire des romans dont personne ne parle. Toujours écrits par des jeunes femmes en colère.

Un soir, elle était assise à une table, près du comptoir du bar, un endroit d'où elle avait une vue imprenable sur toute la salle. Karl avait fait son entrée accompagné d'une femme à peine plus âgée que Martina et elle. Ils avaient bu et ri ensemble. Quand le serveur leur avait demandé s'ils voulaient manger, ils avaient fait signe que non. Après une petite heure, ils avaient quitté le restaurant, enlacés, en rigolant, et avaient disparu dans la nuit de novembre.

Tout à l'heure, quand Martina et Liv, l'une à côté de l'autre, ont vu Karl embrasser la mère d'Anton, c'est Liv qui a rompu le silence.

— Dégueulasse, s'est-elle contentée de dire.

Martina a d'abord eu l'air de vouloir protester, mais elle est restée bouche cousue. Sans même demander à Liv de ne rien dire à personne. Elle sait que Liv garde toujours tout pour elle. Aucun secret n'est trop grand pour son corps frêle.

Une colère violente s'empare d'elle, elle serre le verre à vin si fort que le pied casse. Les autres lèvent les yeux de leur assiette et voient, surpris, le sang couler de sa main sur la nappe blanche.

Ce n'est rien, elle le sent à peine.

— Qu'est-ce qui se passe ? demande Anton, ébahi.

Mais Liv n'a pas le courage de répondre. Max arrache la serviette de son col et se dépêche de la presser contre la main blessée de Liv, tout en la menant vers la salle de bains. Anton et Martina les suivent de leurs yeux écarquillés.

Il allume la lumière, pousse Liv à s'asseoir sur la cuvette. Ouvre un placard.

— Ça fait mal ? demande-t-il, inquiet, en fouillant sur les étagères.

— Pas vraiment.

Au bout d'un moment, la blessure ne saigne plus, la serviette est tachée de rouge. Il désinfecte avec un produit qui pique, puis inspecte la coupure avant de poser un pansement. Liv se sent bizarre, en même temps elle est heureuse d'être seule avec lui, et de sa façon de s'occuper d'elle.

Une fois les soins prodigués, il s'assoit sur le carrelage de la salle de bains, dos au mur. Ils se regardent, mais ne disent rien. Max avance sa main, la pose sur le genou nu de Liv. Sans la bouger. La sensation est électrisante. Elle veut et ne veut pas que sa main bouge, qu'elle remonte le long de sa cuisse.

Mais rien ne se passe.

Au bout d'un moment, Max se lève et déverrouille la porte.

Au retour de Liv et Max, ils essaient de reprendre le repas, mais le semblant d'ambiance festive est désormais soufflé comme la flamme d'une bougie. Anton finit par proposer d'interrompre le dîner, de boire un coup et de reprendre le jeu.

Ils se lèvent de table, laissant les couverts et tous les restes de repas derrière eux. Martina s'excuse et file aux toilettes. Liv jette un œil vers Max pour voir s'il comprend ce qu'il se passe, mais il discute tranquillement avec Anton en redisposant le jeu.

Liv avance jusqu'à la fenêtre pour voir où en est la fête à côté. L'homme qui l'a violée est en train de bavarder avec Karl, le père de Martina. Elle se demande de quoi ils parlent. Ils ont l'air de passer un bon moment, comme deux hommes tout à fait ordinaires qui échangent de banales histoires. Liv se dit qu'effectivement, c'est ce qu'ils sont : des hommes tout à fait ordinaires. D'un coup, elle se sent infiniment triste. Elle sort discrètement un cachet blanc de son sac à main, l'avale vite fait.

— Tu viens jouer, Liv ?

Martina prend un chewing-gum, enlace Max parderrière, les deux bras entourant son torse, et l'embrasse sur la joue.

— J'arrive, répond Liv.

Elle reprend sa place.

Quand Liv jette les dés et atterrit sur Valhallavägen où Anton vient tout juste de placer un hôtel, elle dit "vérité." Elle en a assez des gages puérils. Anton est visiblement déçu. Il prend son verre en réfléchissant.

— Qui t'a dépucelée ? demande-t-il.

Les autres la regardent, suspendus à sa réponse. À Martina elle a raconté que c'était un garçon pendant des vacances familiales en France. Mais qu'a-t-elle dit à Max ? Elle ne s'en souvient plus. Elle tente désespérément de mettre de l'ordre dans ses mensonges. Dans sa tête, tout s'embrouille. Dans son souvenir la voiture bouge au rythme des coups de boutoir de l'homme, son bas-ventre lui fait mal et le coffre empeste la banane en train de pourrir dans un quelconque sac de sport.

— Allez, répond ! lance Anton, agacé.

Il se jette en arrière et ricane :

— C'était peut-être un coup à trois. Deux types qui te baisaient en même temps, toi suspendue entre eux comme une brochette dans une rôtisserie.

Liv sent ses yeux lui piquer, une larme coule sur sa joue. Est-ce l'alcool ? Ou les cachets ? Ou ses secrets et ses mensonges devenus si nombreux qu'ils débordent ? Elle n'en sait rien. Elle sait seulement qu'elle est en train de pleurer et que rien ne peut plus arrêter ses larmes. Les autres la regardent, effarés.

— T'es vraiment un connard ! hurle Martina en direction d'Anton.

Elle se laisse tomber à genoux à côté de Liv et lui enlace la taille.

— Qu'est-ce qu'il y a, ma chérie ? Qu'est-ce qu'il y a ?

Liv se libère, essuie ses larmes à la hâte. S'efforce de se ressaisir.

— Rien. J'ai trop bu, sans doute.

— Tu veux venir te remaquiller ?

Liv sourit intérieurement. La plus grande inquiétude de Martina, c'est que Liv se sente moche. Elle pourrait la détester pour ça. Mais Liv lui tapote la main et secoue la tête.

— Pas la peine.

Elle parvient à se reprendre et ils font comme si de rien n'était. Comme si c'était juste une petite averse de passage et qu'à présent le soleil brille à nouveau.

— Je choisis plutôt action, dit Liv.

Elle avale quelques bonnes gorgées d'alcool. Personne ne proteste alors que les règles ne permettent sûrement pas de changer d'avis.

Le cachet fait effet plus vite que le premier. Elle a la tête qui tourne. Elle a l'impression d'entendre son propre cœur cogner, là, dans sa poitrine.

— Quelqu'un a une proposition ? demande Anton, prudent, en regardant les autres.

Max fixe Liv, inexpressif.

— Prends un club de golf de mon père, va chez Anton et bousille les phares d'une des bagnoles garées devant la maison.

— Mais il doit y avoir des caméras de surveillance ! s'exclame Martina.

— Non, elles sont en panne, s'empresse de dire Anton.

Liv se lève sans un mot. Elle trouve le sac de golf dans le hall, s'empare d'un club au hasard et sort de la maison. Le vent la saisit quand elle se faufile vers la haie qui sépare les deux propriétés.

Elle s'arrête derrière un buisson et scrute les voitures. Le voilà : le SUV dans lequel elle a été violée. Elle penche la tête en arrière, entend des rires et de la musique à l'étage. Des ombres passent.

Elle se retourne, voit dans la maison de Max ses trois amis se presser contre la vitre.

Liv lève le club, mais le laisse retomber. Elle enlève ses talons hauts, les pousse sur le côté. Empoigne à nouveau le club, le soulève et le balance de toutes ses forces sur la lunette arrière qui s'émiette dans un bruit creux.

Elle fait un bond en arrière.

Reste comme paralysée quelques secondes, observe le trou noir, béant, avant de ramasser ses chaussures et de courir vers la rue pour brouiller les pistes.

Elle s'attend à ce que la musique s'arrête, que des gens hurlent et se lancent à sa poursuite. Mais rien de tout ça.

Max lui ouvre la porte d'entrée. Elle se jette dans la chaleur de la maison, à bout de souffle.

Elle est euphorique, exaltée même.

Tend le club à Max qui le range dans le sac.

— Personne n'a réagi ? dit-elle, haletante.

— Personne, répond Anton. La musique est sans doute trop forte. Ou ils sont trop bourrés.

Ils se réinstallent, Martina va chercher une serviette de bain qu'elle enroule autour des pieds glacés de Liv. Anton secoue les dés, mais se fige juste avant de les lancer.

Il la regarde, perplexe, en laissant tomber ses mains sur les genoux.

— Je comprends pas. Pourquoi c'est la voiture de ton père que t'as défoncée ?

6

L'échange téléphonique avec son frère le travaille. Il aurait presque envie de dire aux autres de rentrer chez eux et de le laisser seul avec ses pensées. Il se sent tiraillé. D'un côté il est content pour Johan. En même temps, il est rongé par l'inquiétude. Johan a toujours dit que Max était la personne qui comptait le plus pour lui. Cela va changer, bientôt arrivera un autre être que Johan aimera encore plus et à qui il accordera toute son attention.

— Max ?

Il sursaute, arraché à ses pensées. En levant les yeux, il constate que les trois autres le fixent, inquiets.

— Tu es propriétaire de Norrmalmstorg. À toi de décider ce que Martina doit faire, lui dit Liv.

Il hoche la tête, absent. Se dit que Liv est belle. S'il leur demandait de partir, il voudrait que Liv reste. Il aime parler avec elle. Elle le comprend tandis que Martina ne l'a jamais compris et ne le comprendra jamais.

Pour gagner du temps, il avale une gorgée de son verre alors qu'il est déjà passablement ivre. Il n'a aucune idée de ce qu'il boit, il sait seulement que c'est de l'alcool et que ça l'apaise.

Une idée lui vient.

— Tu dis toujours que tu trouves que ma mère s'habille très bien, n'est-ce pas ?

Martina le regarde sans comprendre. Un court instant il se dit que Martina, autant qu'Anton, lui sont des étrangers – la seule qu'il connaît vraiment, c'est Liv.

— Attrape une paire de ciseaux, va dans le dressing, et mets en pièces les vêtements que tu préfères.

Martina se fige, elle semble bouleversée.

— Pourq…

— Parce que c'est un putain de jeu et que tu dois faire ce que je t'ordonne de faire, dit-il sur ce ton agressif qu'il connaît si bien et déteste tant. Ce ton qu'il a hérité de son père et s'est juré de ne jamais employer. Pourtant, il a conscience que c'est en lui. Par moments, impossible à réprimer. Quand il réagit à chaud, comme maintenant.

Martina se tait aussitôt, se lève, fait le tour de l'îlot de cuisine et ouvre un tiroir. Tandis que le bruit de ses pas s'estompe dans l'escalier, Liv et Anton détournent le regard. Anton boit sans retenue. Vide son verre. Le remplit de nouveau.

Max est furieux contre lui depuis qu'il a fait pleurer Liv. Au fond, ça fait un moment qu'il a compris que quelque chose clochait chez elle. Il n'arrive pas à savoir quoi. Il aimerait avoir le courage de lui poser la question, mais son intuition lui dit qu'elle n'apprécierait pas. Peut-être que cela l'éloignerait de lui. Liv est la personne la plus secrète qu'il ait jamais connue. Tout son être est comme enfermé dans une carapace invisible. Max sait cependant exactement à quels moments elle en sort.

Par exemple quand il lui soignait la main dans la salle de bains tout à l'heure. Dans ces moments, il voit la vraie Liv. Fragile. Vulnérable. Maintenant c'est quelqu'un d'autre : son double.

— T'as vraiment dépassé les bornes tout à l'heure, souffle Max à Anton.

Leurs regards s'accrochent. Max lève la voix :

— Faut que t'arrêtes de lui parler comme ça. C'est trop nul.

— C'est pas grave, Max, intervient Liv. Je suis sûre qu'il ne pense pas à mal.

Max la dévisage, surpris. Il pensait qu'elle apprécierait qu'il prenne sa défense. Peut-être qu'il l'a mal jugée finalement, peut-être qu'elle est aussi stupide que les deux autres.

— Bon d'accord. Fais ce que tu veux, Anton. Traite-la de salope si ça vous chante.

Max se lève si brutalement que sa chaise se renverse.

Il se précipite vers l'escalier pour monter dans sa chambre, mais se souvient que Martina se trouve à l'étage. Alors il descend à la cave. Entre dans le sauna qui est encore chaud, et s'installe sur la banquette du haut. Courbe son corps par-dessus les genoux, tête en bas. Des gouttes de sueur tombent sur le bois. Il déboutonne sa chemise jusqu'au ventre, bataille avec la cravate qu'il arrache enfin pour la jeter sur le poêle du sauna.

Il se cache le visage dans les mains.

Johan a sacrifié sa position de préféré de leur père pour défendre Max. Johan a été le seul à avoir le courage de se révolter contre le despotisme du père. Le seul à avoir riposté. Si fort, si rageusement qu'il a fait chuter le tyran. Devant toute la famille. Seul à être parti vivre à Londres. Libre. Max rêve de s'installer auprès de Johan, de prendre n'importe quel boulot, pourvu qu'il soit le plus loin possible du père. C'est leur plan, à Johan et à lui, depuis des années. Mais maintenant ? Y a-t-il toujours une place pour lui dans la vie de son frère ? Max a souffert de la solitude, s'est senti exclu par le reste de la famille, mais il pensait que Johan l'attendrait. Bien sûr que le père les a tous frappés. Froidement, sans pitié. Max et Johan ont été les plus exposés. Depuis le départ de Johan, Max a reçu d'autant plus de raclées. Aujourd'hui encore. Et il a honte de ne pas avoir le courage de riposter. Il aurait tant voulu avoir le courage de Johan.

— Ça va ?

Personne n'est capable de se déplacer aussi silencieusement que Liv, personne ne peut ouvrir une porte aussi doucement.

Max ouvre la bouche pour répondre, mentir en prétendant que tout va bien, blaguer, mais il n'en a plus le cœur.

— Qu'est-ce que tu es chaud.

Elle se glisse tout contre lui. Il sent la sueur traverser sa chemise et entrer en contact avec la peau nue de Liv. Elle l'enlace, tire doucement sa tête vers ses genoux. Caresse maternellement le peu de cheveux qu'il lui reste.

— Mon petit Mohican, dit-elle avec un sourire triste. Max renifle et enfonce son nez dans sa robe noire.

Ils restent ainsi un bon moment, puis il relève le visage vers son menton et son cou, les yeux mi-clos. Il essuie ses larmes. Il n'en a pas honte, il a fini de pleurer, c'est tout.

— Tu feras quoi quand tu auras passé le bac ? demande-t-il.

Sa voix est rauque, comme si l'air chaud l'avait desséchée.

Elle hausse les épaules. Max sent que ce mouvement est étudié, qu'il annonce une réponse.

— Tu le sais, non ? insiste-t-il.

— Oui, je le sais.

— Et si on partait à Londres tous les deux ?

— Juste toi et moi ? s'étonne Liv, un soupçon de méfiance dans la voix, comme un animal qui flaire un piège.

— Oui.

— Ça a toujours été nous quatre.

Elle fait un mouvement vers le plafond.

— Oui, toujours, répète Max. Mais je ne sais plus trop pourquoi.

— Parce que nous sommes les plus cassés. On présente bien, on est épanouis et irréprochables en apparence, mais tristes et ravagés à l'intérieur.

Elle fait un geste de la main vers son cœur, geste que Max ne lui connaît pas.

— On n'en parle jamais, même pas entre nous.

Liv hoche la tête, pensive, et enchaîne.

— Mais nous, on sait. Et ce qu'on ne sait pas, on le devine. Comme par exemple que la famille d'Anton est ruinée, ou que la mère de Martina boit. Ou que…

— … que mon père nous frappe, nous, ses propres enfants, poursuit Max. Mais je n'ai jamais compris ce qui t'a cassée, toi, même si je sais que tu l'es.

Liv sent ses mâchoires se crisper. Ils se regardent. Il ne veut pas la brusquer.

— Tu feras quoi après le lycée ?

— Je partirai, je ne sais pas encore où.

— Je ne pourrai pas te suivre ?

Elle secoue la tête, avec regret.

— Je veux voyager seule. Même si tu es mon ami, tu me rappelles beaucoup trop tout ce qu'il s'est passé ici.

Max se contente de cette réponse. Il comprend ce qu'elle veut dire.

— J'ai un appart en ville que je loue en secret, dit-elle subitement. C'est là qu'Anton m'a vue. Il n'y a pas de mec dans cette histoire.

— Qu'est-ce que tu fais quand tu es là-bas ?

— Je suis tranquille. Je dessine, je lis, je regarde des séries. Des fois le soir je sors pour aller quelque part où je peux être seule parmi d'autres gens.

Ils entendent une porte s'ouvrir et comprennent qu'on vient les chercher. Max se redresse, s'éloigne un peu de

Liv. L'instant d'après, il devine la silhouette de Martina à travers le verre dépoli. Elle ouvre la porte et les regarde, suspicieuse.

— Vous faites quoi ?

— On discute, répond Max.

— De quoi ?

— De tout plein de choses.

Martina sort son portable et leur montre l'écran. Elle fait dérouler les photos des vêtements de la mère de Max, découpés en petits morceaux. Personne ne dit rien. Max se dit que l'idée d'introduire ces nouvelles règles stupides dans le jeu de Monopoly, oui, toute cette soirée est finalement bien puérile. Malsaine. En remontant les escaliers, il regrette de ne pas avoir osé parler à Liv de leur baiser cet été. Lui demander ce que cela signifiait, si c'est vraiment arrivé ou si c'était l'effet de l'alcool et de la came. D'une certaine façon, il préférerait que cela n'ait jamais eu lieu. Ainsi il n'aurait pas à culpabiliser vis-à-vis de Martina. Mais si ses souvenirs ne lui jouent pas des tours, de nouvelles perspectives s'ouvrent dans sa relation avec Liv. Il n'arrive pas à savoir ce qu'il ressent réellement pour elle. Ni elle pour lui. Mais il sait qu'avec elle il peut parler de choses qu'il ne dirait à personne d'autre. Dévoiler des sentiments et des aspects de lui-même qu'il ne lui viendrait jamais à l'idée de confier à qui que ce soit d'autre.

Dans le salon, Anton est affalé dans un fauteuil. Les yeux embrumés par l'alcool. Il scrute Max, inquiet.

— Viens, lui dit Max en tirant son ami vers la terrasse.

Anton le suit. Max se dit qu'il devrait s'excuser, essayer d'arranger les choses depuis son coup de gueule. Ce n'est pas qu'il le regrette vraiment, mais plutôt qu'il sait à quel point l'état d'Anton dépend de leur entente. Ils se penchent contre la rambarde, Anton évite son regard, Max trouve qu'il ressemble à un chien pris en flagrant délit de vol sur la table de ses maîtres.

— Désolé de m'être énervé.

— Laisse tomber.

— Mais ne parle pas comme ça à Liv. Ça sert à rien. Et je ne crois vraiment pas qu'elle apprécie.

Anton émerge de son brouillard. Son visage se crispe sous l'effet de la colère.

— Parce que tu crois que Martina apprécie que vous deux, vous vous embrassiez en cachette dès que vous en avez l'occasion ?

Max fixe son ami, étonné.

— On ne s'est pas embrassés.

— Peut-être pas ce soir.

Ils se toisent. Anton a un air inquiétant, il manifeste de l'agressivité comme jamais auparavant.

— Cet été. À la fête chez Gustav Nyman. Je vous ai vus dans l'eau. T'es vraiment un salaud, dit Anton en balançant un crachat tout près des pieds de Max.

D'abord Max est envahi par un certain soulagement. Anton vient de lui confirmer que le baiser n'était pas une hallucination.

— Tu sais que je l'aime. Je te l'ai dit. Tu es avec Martina, la princesse de tout Skuru. Mais il te fallait les deux. Comment tu peux me faire ça, merde ?

Pendant un instant Max pense qu'Anton va le cogner. Au lieu de cela, son visage se tord en une grimace, il renifle et se détourne. Max est désemparé. Il pose une main sur l'épaule d'Anton.

— Putain, renifle Anton. Putain de merde.

— Je suis désolé, lui dit Max.

Des voix s'élèvent de la maison d'Anton. Ce sont leurs pères qui fument des cigares près des piliers.

De leurs voix empâtées par l'alcool ils crient à leur intention.

— Tout va bien de votre côté ?

— Vous avez plein de gonzesses, j'espère ?

— Ne videz pas complètement ma cave, les mecs.

— Et n'oubliez pas les capotes, j'suis trop jeune pour être grand-père.

Éclats de rire. Max et Anton leur font signe de la main. Répondent en plaisantant. Max se dit que leurs voix sonnent faux. Qu'ils sont pathétiques.

Ils crient "À plus tard" et se laissent glisser sur le sol, le dos contre la rambarde afin de ne plus être vus de la maison d'Anton.

— J'ai envie de le tuer, siffle Max.

— Je hais le mien, renchérit Anton. C'est horrible, mais c'est comme ça. Je ne supporte pas l'idée qu'un jour je serai comme lui. Il ne fait que mentir à tout bout de champ.

— Ils sont tous comme ça.

— Qu'est-ce que tu veux dire ?

— Ils mentent. Font semblant que tout va pour le mieux, tout le temps. Mais c'est le contraire. Rien ne va.

— Mon père est dans la merde jusqu'au cou, dit Anton dans un souffle. Putain, il a même pas les moyens de faire réparer les piliers de la maison.

7

Martina est troublée. Max et Liv se sont isolés trois fois dans la soirée. Elle observe sa meilleure amie, blottie dans le canapé. Liv s'est embellie ces derniers temps. Avant elle était tout au plus une jolie fille. À présent elle a mûri, de sa personne émane quelque chose de déroutant que Martina lui envie. Un côté brisé, intrigant.

Martina a évidemment remarqué que l'intérêt des deux garçons, autrefois focalisé sur elle, s'est maintenant déplacé vers Liv. C'est nouveau. Martina a toujours été au centre de l'attention. *Bull's eye*. Celle avec qui tout le monde veut parler, la plus en vue lors des fêtes.

Liv était timide et plutôt silencieuse.

L'éternelle sous-fifre de Martina.

Que s'est-il passé ? Et quand ? Et pourquoi a-t-elle tant de mal à partager avec sa meilleure amie l'attention que lui portent les autres ?

— De quoi parliez-vous, Max et toi ? demande-t-elle en s'installant à côté de Liv.

Martina constate avec surprise combien sa propre voix est froide. Dure.

— De rien de spécial. Il s'est énervé pendant que tu étais à l'étage.

— Énervé ? Mais pourquoi ?

— Anton m'a encore embêtée et Max lui a demandé d'arrêter.

— Et alors ? demande Martina, agacée que Max éprouve toujours le besoin de défendre Liv.

— Ben, j'ai dit que ce n'était pas grave. Du coup il s'est mis en colère contre nous, et il est parti, furieux. Je l'ai suivi pour le calmer. C'est tout.

C'est tout, se dit Martina exaspérée. Tout a l'air tellement évident entre eux. Naturel. Simple. Elle croise les bras sur sa poitrine.

— C'est idiot de la part de Max de se fâcher contre Anton. On sait qu'il est comme ça.

— Oui, on sait qu'il est comme ça, murmure Liv.

Un épais silence règne dans la pièce quand les garçons rentrent de la terrasse. Liv et Martina se lèvent de concert et se réinstallent à la table de jeu. L'ambiance est tendue. Même Anton, qui d'habitude est le boute-en-train avec ses blagues pourries, rechigne à faire le moindre effort. Ils jouent mollement, parlent peu.

— Et si on se faisait un shot ? propose Liv.

Les autres acquiescent sans enthousiasme.

Max se lève, va chercher la bouteille de vodka, pose un petit verre, clac, devant chacun. Les remplit. Martina consulte l'heure sur son portable. 21 h 37. Plus que deux heures et quelques avant la nouvelle année.

Ils trinquent, se disent tchin-tchin en chœur, font cul sec.

L'ambiance s'améliore, peu à peu la conversation reprend.

— Musique ! hurle l'un d'entre eux.

Max met en route la chaîne et ils se balancent au rythme de la musique. Anton lève les bras et danse assis.

Liv rit. Martina les aime, ce sont ses trois meilleurs amis et à cet instant précis tout va bien.

Elle s'accroche à Max, enfourne sa langue dans sa bouche. Se réjouit quand il répond ardemment à son baiser. Liv et lui peuvent bien discuter de tout ce qu'ils veulent, il n'y a que moi qu'il embrasse de cette façon, se dit-elle, aux anges.

— On joue ou merde ? piaffe Anton.

Martina et Max se lâchent à contrecœur, regagnent leurs places. Martina sent tout son corps vibrer. Frissonner.

— C'est à moi de jouer ? demande-t-elle en regardant autour d'elle. Elle se penche pour attraper les dés, les lance. Elle cherche sa voiture de course sur le plateau de jeu, la trouve sur Västerlånggatan et la déplace.

— Tu n'as toujours pas répondu à la question, dit Max pensivement.

— Quelle question ? s'étonne Martina.

— Je ne parle pas de toi, dit-il en secouant la tête, mais de Liv.

Tous les regards se posent sur Liv qui a l'air gêné. Les baffles crachent plein pot la voix de Håkan Hellström qui chante *Ce ne sera jamais fini pour moi*.

— Pourquoi tu as fracassé *votre* bagnole ? demande Anton.

Liv hausse les épaules, apathique, et fixe le jeu. Martina et Max échangent un rapide coup d'œil. De toute évidence, Liv leur cache quelque chose.

— Tu l'as forcément fait exprès, insiste Anton.

— N'importe quoi. C'était la plus proche. De là, je pouvais me tirer ni vu ni connu. Ç'aurait aussi bien pu être celle de ton père, répond Liv.

Martina réfléchit. Elle revoit l'allée qu'elle a traversée quelques heures auparavant. Elle sait que ses parents à elle sont arrivés en dernier à la soirée d'en face, alors c'est peu probable que le SUV du père de Liv soit garé à l'endroit le plus proche de la rue.

— Action ou vérité ? demande Liv en montrant le pion de Martina.

Västerlånggatan est à Liv. Avec un hôtel rouge. Martina regarde Liv.

— Mais sérieux, Liv, pourquoi t'as choisi la voiture de ton père ?

— Qu'est-ce que ça peut te faire ?

Le ton de Liv est exaspéré.

Il rappelle à Martina la voix de sa mère quand elle est ivre. Ces minutes fébriles juste avant qu'elle ne fonde en larmes et ne s'enferme dans sa chambre pour pleurer. Les sanglots qu'on entend à travers la cloison. Martina pense au visage inexpressif de son père augmentant le volume de la radio pour ne pas entendre. Pour échapper à ses responsabilités.

— Rien, on est juste curieux, dit Martina avec prudence.

Mais le visage de Liv ne se détend pas. Ils ont touché quelque chose en elle qui provoque la révolte de tout son être.

— Vous êtes vraiment trop cons, lance-t-elle. Des pauvres débiles. Pathétiques.

Elle les regarde avec fureur.

— Surtout toi, Martina, avec ta mère qui pue l'alcool à des kilomètres et ton père qui pense avec sa bite. T'es toujours à déblatérer sur ton bonheur, sur la chance qu'on a, sur tes imbéciles de followers que tu nourris avec des images complètement déformées de ta vie. Je me demande parfois si t'y crois toi-même. Ta vie n'est pas rose, c'est pas de l'or et des paillettes. Tu devrais te faire soigner, merde.

Martina sent la colère monter en elle, elle se lève à moitié de son fauteuil. Veut se jeter sur Liv. Pour qui se prend-elle ? Puis elle voit que Liv pleure. Les larmes coulent à flots sur ses joues. Son visage est impassible, tandis que les larmes brillent, dégoulinent, la submergent.

— Mon père m'a violée pour la première fois quand j'avais quinze ans. Dans cette caisse de merde. Dans le coffre. C'est pour ça. Maintenant ça vous va ?

Tout ce qu'on entend, c'est la voix de Håkan Hellström qui chante *Ton heure viendra* :

"Depuis tout petit je cherche. L'échelle jusqu'au sommet du monde."

8

C'est comme si les mots de Liv les ensorcelaient, se dit Anton.

Max rompt le silence. Il raconte que son père a brutalisé toute sa famille, systématiquement. Que lui-même n'a jamais osé se montrer à poil à cause des bleus. Il parle de son frère Johan, comment il a été banni après avoir empêché son père de se défouler sur Max pour la énième fois.

Martina parle alors de l'addiction à l'alcool de sa mère, de sa méchanceté envers elle et sa petite sœur Adrienne quand elle est soûle. Martina tient son père pour responsable, c'est son infidélité à répétition qui a provoqué cette descente aux enfers. Et ajoute qu'en même temps elle méprise sa mère pour sa faiblesse. Elle se dit inquiète à l'idée de lui ressembler un jour – que d'une façon perfide cela pourrait se transmettre d'une génération à la suivante.

Secrets et mensonges sont étalés, déballés au grand jour. Des abîmes s'ouvrent. Parfois, celui qui raconte pleure, parfois ceux qui écoutent pleurent. Ils remplissent leurs verres et continuent leurs confessions.

Anton pense que tout est différent, que rien ne sera plus jamais comme avant. Et c'est bien. Jamais il n'a autant aimé les autres qu'en ce moment précis, jamais il ne s'est senti si proche d'eux. Les récits des autres sont plus violents, plus sombres que le sien.

Au fond, de quoi a-t-il à se plaindre, lui ?

Pas grand-chose d'autre que d'avoir un père faux cul qui joue les rupins alors qu'il est endetté jusqu'au cou. Et une mère qui n'a rien compris. Qu'ils seront probablement obligés de déménager bientôt. Que son père n'a jamais été là pour Anton, toujours absent des bons comme des mauvais moments de la vie de son fils. Jamais le moindre mot d'encouragement ni de réconfort. Vu l'aisance matérielle dans lequel il a grandi, c'est affligeant de ne pas avoir connu la sécurité d'un cocon familial. Mais les autres l'écoutent, hochent la tête, murmurent, acquiescent. Plus il s'expose, plus il les sent proches, attentionnés. Il avait toujours pensé que ce serait l'inverse.

— Ta mère couche avec mon père, dit Martina. Ils ont une liaison.

— Je les ai vus ensemble, renchérit Liv.

Anton hoche la tête. Cherche à sentir s'il éprouve du chagrin, mais il n'y a que du vide en lui.

Au bout d'un moment, les récits se tarissent.

Il ne reste plus rien.

Ils remplissent leurs verres, puis s'alignent devant la fenêtre. Laissent leurs regards divaguer dans l'obscurité, en direction de l'autre fête. Anton s'imagine que les adultes ont quitté leurs oripeaux et qu'à présent ils sont nus. Il sait des choses sur leur compte qu'eux ne reconnaîtraient jamais. Plutôt crever.

— On fait quoi maintenant ? demande Max, paumé.

Anton fixe les piliers sous la maison. Les piliers délabrés sur lesquels plusieurs personnes ont déjà tenté d'attirer l'attention de son père. Un expert l'a même prévenu que la maison risquait de s'écrouler si les piliers n'étaient pas consolidés. Une idée germe dans sa tête et prend rapidement les proportions d'un hurlement. Il dévisage les autres, mais n'ose pas formuler ce à quoi il pense.

En tout cas, pas encore.

Ce serait un point de non-retour.

Il sent la main de Liv sur son bras. Elle le caresse doucement, comme pour le réconforter.

Anton est surpris, et heureux. Il a toujours aimé Liv.

En même temps, c'est de la haine qu'il ressent, une haine aveugle et noire, quand il voit son père à elle en pleine discussion avec la mère de Martina. Et il a honte en repensant aux conneries et autres blagues stupides qu'il a lui-même débitées à Liv. Combien il a dû la blesser.

— Pardon pour les choses que je t'ai dites, chuchote-t-il.

— Tu pouvais pas savoir.

— Non, mais j'aurais pas dû.

Quelque part de l'autre côté du détroit, on tire un feu d'artifice. Une fusée monte dans le ciel noir puis explose en vert et rouge. À ce moment, Liv se blottit contre Anton, enlace sa taille de ses bras, se dresse sur la pointe des pieds et l'embrasse, timidement. Du coin de l'œil, il voit Max et Martina qui observent la scène avec surprise.

Liv recule d'un pas, se lèche les lèvres. Lui cligne des yeux, surpris.

— Pourquoi t'as fait ça ? demande-t-il.

— Je ne sais pas, dit-elle en souriant, confuse.

Des feux d'artifice de toutes les couleurs éclatent dans le ciel sombre, de plus en plus nourris au fur et à mesure que minuit approche.

Les gerbes multicolores retombent en pluie sur le détroit de Skuru et sur Stockholm.

Les jeunes sont de nouveau installés autour de la table.

Quelqu'un a baissé la musique. Ils boivent, les mains serrées autour des verres. Le jeu est toujours en place. Personne n'a déplacé de pion ni jeté les dés depuis un bon moment.

On sonne à la porte, le signal strident retentit dans toute la maison. Ils se regardent, déconcertés.

TROISIÈME PARTIE

9

Des voix s'élèvent dans le hall. Liv suit Max, parti voir ce qu'il se passe. Deux hommes en smoking apparaissent, le père de Liv, Markus, et le père de Max, Olof. Ils ont l'air grave, comme s'ils étaient porteurs de mauvaises nouvelles. Ils entrent en chancelant, restent debout au milieu de la pièce.

— Coupe la musique, ordonne Markus. Max obéit, puis reste près de la chaîne hi-fi.

Les deux hommes sont fortement alcoolisés, leurs regards balaient les jeunes, le jeu de Monopoly, les bouteilles vides.

— Il s'est passé quelque chose ? s'étonne Anton.

— Quelqu'un a vandalisé ma voiture, répond Markus en fixant Liv droit dans les yeux.

Olof hoche la tête et ajoute :

— On se demande si vous avez entendu quelque chose.

Leurs voix sont pâteuses, leurs joues écarlates d'ivresse.

Les jeunes secouent la tête. S'efforcent d'avoir l'air de tout ignorer.

— Qu'est-ce qu'ils ont pris ? demande Max.

— Ils n'ont pas eu le temps d'emporter quoi que ce soit. Mais ils ont mis en miettes la lunette arrière de ma BMW, dit Markus. Je suis hors de moi.

— C'est sans doute ces racailles d'immigrés de Fisksätra,

dit Olof. Quand les braves gens se prennent un peu de bon temps, ils sautent sur l'occasion. Ces parasites.

Il fait un geste résigné et passe une main dans ses cheveux blonds. Liv se dit qu'il lui fait penser à Max, version plus âgé. Ils se ressemblent étrangement.

— Vous avez vérifié les caméras de surveillance ? demande Martina.

— Elles sont HS, glisse Anton rapidement.

— Et la police ? Vous avez fait une déclaration ?

— On a appelé, mais ils sont débordés. On peut rien faire de plus pour le moment, dit Olof.

— Vous n'y êtes pas allé de main morte, à ce que je vois, dit Markus en riant, montrant les bouteilles vides.

Il regarde Liv qui sent un frisson lui traverser le corps. En même temps, c'est différent, moins effrayant maintenant que ses trois amis sont au fait de ce que son père lui a fait subir.

Un silence s'installe.

— Ne laissez pas les filles sortir toutes seules, au cas où y en aurait encore qui traîneraient dans le quartier. Ces cafards adorent violer des petites Suédoises, dit Markus. Ces mots sont adressés à Max et Anton qui s'empressent d'approuver.

— T'inquiète, on fait gaffe, répond Anton.

— Personne ne sort seul, ajoute Max. De toute façon, on n'a pas prévu de sortir.

— C'est bien, dit Markus.

Olof et Markus font un signe de tête, se retournent et repartent en direction de la porte d'entrée. Liv l'entend se refermer.

— Les salauds, murmure Max au bout d'un moment.

Liv ne dit rien. Ses mains tremblent. Elle se sent mal. Elle repère son sac sous une chaise, dissimule un cachet dans sa main, le met dans sa bouche à un moment où personne n'y prête attention.

— Comment tu te sens ? demande Anton, préoccupé. Sa voix est douce, protectrice.

— Ça va, répond Liv.

— J'aurais pu le tuer quand il a parlé de viol, dit Max.

— Moi aussi, dit Martina.

Elle se lève, va jusqu'à Liv et l'enlace par-derrière. Berce doucement leurs corps d'avant en arrière.

Liv fixe Anton. Le visage crispé, il porte un verre de whisky ambré à ses lèvres.

— Vraiment ? demande-t-elle.

Les autres la regardent.

— Vraiment quoi ? demande Max.

— Vous pourriez vraiment le tuer ?

L'ambiance s'altère, un malaise s'installe. Martina se fige dans son bercement, puis se redresse pour retourner à sa chaise. S'y affale.

— Moi, je pourrais, dit Anton.

Il se pince les lèvres. Ses yeux sont sombres, déterminés.

Liv comprend qu'il est sérieux. Son ton, toute son attitude le manifestent.

— Je sais même comment il faudrait s'y prendre, ajoute-t-il.

Sa bouche s'élargit, un sourire sardonique lui échappe.

— Comment ? chuchote Liv.

— Peu importe, dit Max. On est bourrés, c'est évident qu'on ne va tuer personne. Qu'est-ce qui ne tourne pas rond chez vous ?

Son regard anxieux passe de l'un à l'autre. Liv le voit chercher du soutien, mais pour une fois personne ne se soucie de Max. Autant Martina qu'Anton évitent son regard.

— Alors, comment ? répète Martina.

Anton inspire profondément, se penche en arrière sur sa chaise.

— Les piliers qui soutiennent notre maison sont en piteux état. Ils peuvent lâcher d'un moment à l'autre, et quand ça arrivera, toute la terrasse et l'étage inférieur s'effondreront. Il faut les consolider, mais mon père n'en a pas les moyens. Il repousse les travaux depuis des mois.

— Mais dans ce cas, c'est toute la maison qui s'effondre ? Tout le monde y reste, objecte Liv. Pas seulement mon père.

Anton hoche la tête lentement.

— Oui, tout le monde y passe.

Il boit une petite gorgée de whisky, puis lève son verre en direction de sa maison.

— Est-ce que c'est pas ça qu'on veut, au fond ? Que tout ce beau monde crève ? demande-t-il.

Il se lève, avance lentement jusqu'à la fenêtre. Contemple, le regard vide, la fête en cours. Liv se place près de lui. Elle voit son père dans le séjour. Il est de retour, discute avec la mère de Liv. Il gesticule avec fureur. Il parle probablement de sa bagnole.

Ce qui fait le plus mal à Liv, c'est que sa mère est au courant des viols mais ferme les yeux. Cela lui est apparu de plus en plus évident, avec le temps. Comment est-il possible de laisser tomber son propre enfant à ce point-là ? Liv ne comprend pas, ne comprendra jamais. C'est pourquoi son appartement est si important pour elle, et c'est la raison pour laquelle il lui arrive de mentir au sujet de sa mère. Pour Liv, sa mère pourrait aussi bien être morte. Liv glisse sa main dans celle d'Anton qui la serre doucement.

— T'aurais vraiment le courage de faire ça ? chuchote-t-elle.

— Pour toi, je ferais n'importe quoi.

10

Plus qu'une heure avant la fin de l'année. Max se dit que ces dernières heures ont été plus riches en événements que les douze mois précédents. Combien de fois n'a-t-il pas rêvé de tuer son père pour le traitement qu'il a infligé à sa famille ?

Anton a raison.

Ils peuvent le faire.

Et personne ne les soupçonnera.

D'autant plus que les parents ont déjà déclaré les dégâts sur la vitre arrière du SUV à la police.

Il regarde Liv et Anton devant la fenêtre. Main dans la main, ils observent la maison d'à côté. Max sent la jalousie l'envahir. Quelque chose a changé, modifié la donne entre eux. Quand ? Il n'en sait rien, mais c'est indéniable. Max serre le poing sous la table. Pense à tous les coups reçus, à son frère et combien il lui manque.

Il se lève et s'approche de Liv et Anton, les yeux rivés sur leurs mains entrelacées. Ils ont l'air déterminé.

— On y va, dit-il. Moi aussi j'ai envie qu'ils crèvent.

Les piliers qui soutiennent la maison reposent directement sur la roche. S'ils s'effondrent, tout se fracasse contre les rochers et disparaît dans l'eau glacée. Aucune chance pour personne d'y survivre.

— On fait ça quand ? demande Anton.

Pour Max, c'est bon signe. C'est à nouveau lui qui commande, lui qui prend les décisions. Il jette un œil à sa montre.

— À minuit pile, dit-il.

Martina se glisse entre la fenêtre et lui.

— On doit d'abord en parler, décider comment s'y prendre. En aucun cas on ne doit pouvoir nous soupçonner. Si on découvre que c'est nous, nos vies sont foutues.

— Le quad, dit Anton.

— Quoi le quad ? s'étonne Max.

— Mon quad est dans le garage. Si tu m'aides à y accrocher une paire de chaînes qu'on attache ensuite à deux des piliers, je m'occupe du reste.

— Deux piliers suffisent ?

— Si on les choisit bien, oui. Les autres casseront comme des allumettes sous le poids de la baraque. C'est exactement ce qu'a dit le type qui est venu – c'est pour ça qu'il fallait absolument les remplacer ou les renforcer.

Max réfléchit.

— T'auras le temps de te barrer avant que la maison s'écroule ?

— Il nous faut une chaîne assez longue. Peut-être deux raccordées.

— Et si jamais quelqu'un sort pour fumer juste à ce moment-là ?

— Martina et moi, on va les occuper.

La voix de Liv est presque inaudible. Elle se racle la gorge :

— J'aurai mon portable dans la main, j'appellerai l'un de vous au moment où nous entrerons dans la maison. Comme ça vous entendrez si quelqu'un dit vouloir sortir fumer.

Max pèse le pour et le contre. C'est une bonne idée.

— OK, on fait comme ça, dit-il. Et dès que vous serez sorties, on démarre.

— Il faut qu'on range ici, intervient Martina. La police viendra ici en premier. Ils verront alors quatre jeunes, qui n'ont pas trop bu et qui ont passé une soirée tranquille à jouer au Monopoly.

11

Pendant que les feux d'artifice se sont intensifiés dans la nuit d'hiver, Max, Anton, Martina et Liv ont rangé et nettoyé la maison. Anton et Max ont fait un saut aux conteneurs de tri pour se débarrasser des bouteilles vides, tandis que Martina et Liv ont rempli le lave-vaisselle. Sur la table ne reste plus grand-chose, si ce n'est le jeu de Monopoly.

Martina craignait que leur détermination ne faiblisse au fur et à mesure que leur taux d'alcool dans le sang diminuerait. Mais c'est le contraire qui se produit. Plus minuit approche, plus ils s'activent avec acharnement.

Elle ne pense qu'à Adrienne. Quelle chance que sa petite sœur soit restée à la maison ce soir avec une baby-sitter. Quand tout sera fini, Martina s'occupera d'elle. Il n'y aura plus qu'elles deux. Pour toujours.

La porte d'entrée s'ouvre, elle entend la voix de Max.

— Vous êtes prêtes ?

Liv et Martina se regardent, jettent un rapide coup d'œil alentour, puis répondent qu'elles sont d'attaque. Tout le monde s'active dans le hall, Martina et Liv lissent leurs robes, vérifient maquillage et coiffure devant le miroir, visages sérieux. Mines graves. Martina contemple Liv, se demande à quoi elle pense. Impossible de déceler ce qu'il se passe dans sa tête. Martina est tendue, tout en étant fermement décidée à mettre en œuvre leur plan. Elle n'en peut plus. L'alcoolisme, la méchanceté de sa mère la minent depuis des années. L'infidélité de son père a détruit leur famille. Elle ne s'est jamais sentie aimée. En tout cas pas depuis très longtemps.

— Attendez, il faut que je fasse pipi, dit Liv en attirant Martina avec elle dans les toilettes des invités.

Martina verrouille la porte, Liv baisse sa culotte et s'installe.

Martina connaît suffisamment bien Liv pour savoir que son amie a besoin de lui parler. Et que ça ne peut pas attendre. Son cœur bat à tout rompre.

— Qu'est-ce qu'il y a ?

Liv semble soucieuse. Mal à l'aise à l'idée de ce qu'elle va raconter. Elle remonte sa culotte, se redresse et tire la chasse.

— Non, rien, dit-elle.

Martina sait que c'est faux. Il y a quelque chose. Elle sait pertinemment que Liv voulait lui faire une confidence avant qu'elles aillent voir les parents. Martina pousse la porte et sort, à regret.

Les garçons font les cent pas dans le hall.

— On y va, dit Max qui sort en premier.

L'air est glacial. L'odeur de poudre pique le nez. Ils se dirigent vers la maison d'Anton. Martina serre ses bras autour d'elle pour se protéger du froid. Elle a la chair de poule. Un pétard explose un peu plus loin dans la rue. Quelques secondes plus tard un feu d'artifice envahit le ciel.

Ils s'arrêtent à quelques mètres de la porte d'entrée de la maison d'Anton. En voyant la lunette arrière du SUV en miettes, Martina imagine Liv brandissant le club de golf. L'image s'estompe, laissant place à Liv à l'arrière de la voiture, jambes écartées, son père qui la viole. Anton et Max jettent eux aussi des regards vers la voiture. Ils voient la même chose que moi, se dit Martina.

— Chacun sait ce qu'il a à faire ? demande Max.

— Oui, répond Martina. Allez, déstresse.

Elle manipule son portable, trouve le numéro de Max, appuie sur *appeler*. Le téléphone de Max s'allume et vibre. D'abord confus, il le regarde, puis répond et installe les écouteurs sans fil dans ses oreilles. Il hoche la tête, entraîne Anton vers le garage.

Liv et Martina attendent un petit moment.

Quand Liv s'apprête à approcher la porte d'entrée, Martina l'arrête.

— Attends.

Liv s'immobilise.

Martina l'enlace et elles se serrent très fort, l'une contre l'autre. Martina frissonne et se libère. Elles gravissent les marches du perron. Les basses de la musique à tue-tête font vibrer la porte. Elles entendent des voix, des rires, des verres qui s'entrechoquent.

Liv pose le pouce sur la sonnette.

Martina vérifie l'heure sur sa montre-bracelet. Une Rolex que ses parents lui ont offerte pour ses quinze ans. Plus exactement : ils lui avaient dit qu'elle pouvait aller chez l'horloger choisir la montre qu'elle voulait, qu'ils n'avaient pas le temps de l'accompagner. Vingt minutes encore avant minuit.

La porte s'ouvre brusquement, la mère d'Anton trébuche mais parvient à s'agripper à la poignée.

— Tiens ! Quelle surprise ! braille-t-elle d'un air enjoué.

— On voulait juste passer vous souhaiter la bonne année, dit Martina avec son sourire le plus enjôleur.

— Sympa. Mais où sont les garçons ? demande-t-elle en regardant derrière les filles.

Martina est sur le point de répondre, mais Liv la devance.

— Ils ont promis d'arriver à minuit pile.

La mère d'Anton les précède dans la maison luxueusement décorée. Plus elles avancent, plus la musique et les voix sont tonitruantes. La mère d'Anton baisse le volume.

— Regardez qui nous rend visite ! crie-t-elle en faisant un grand geste du bras en direction de Liv et Martina.

Sept paires d'yeux se tournent vers elles. Ils sont de toute évidence à un stade d'ivresse avancé, tous. Martina regarde le père de Liv avec dégoût.

— On voulait juste vous saluer et vous souhaiter la bonne année, répète-t-elle, toute surprise d'entendre sa voix normale alors qu'une sensation de malaise la submerge. Sa propre mère s'approche d'elles en chancelant, proposant une coupe de champagne à chacune. Elle leur fait la bise. Puant l'alcool, la cigarette, le rouge à lèvres et légèrement la sueur. Heureusement, Liv bavarde avec elle, évitant à Martina de s'y coller. L'air de la grande pièce est moite, vicié.

Le père de Max s'approche, lève son verre et trinque avec elles.

— Tout va bien chez nous ?

— Nickel. On a très bien mangé, puis on a surtout joué au Monopoly.

— Super.

— Et vous ?

— Pas mal. On a dîné, et dansé un peu.

Martina le voit donnant un coup de poing à Max, quand il avait dix ans. Ce garçon en veste de cuir assis devant elle dans la salle de classe et dont elle était déjà secrètement amoureuse.

Elle hait cet homme.

À ce moment, elle entend sa mère siffler dans son oreille.

— Redresse-toi. Tu te tiens comme un vulgaire sac de patates.

Martina serre les mâchoires. Se force à sourire.

Elle aurait préféré hurler qu'ils allaient tous crever. Les aligner et leur expliquer pourquoi, l'un après l'autre. Mais elle n'en fait rien.

Elle papote avec le père de Max, mais ses pensées vont à l'étage en dessous. Là où Max et Anton, selon leurs plans, sont en train de sortir le quad dans la neige et de le rattacher aux piliers. Elle espère qu'ils seront bientôt prêts. Elle tourne son poignet afin de vérifier l'heure. Plus que dix minutes avant minuit.

Elle saisit le regard de Liv, hoche légèrement la tête en direction de la porte d'entrée. Elle veut s'en aller. Laisser derrière elle ces gens avec tous leurs mensonges et leur hypocrisie. Liv répond d'un clignement des yeux.

— Bon, on va vous laisser, dit Martina en posant une main sur l'épaule du père de Max.

Elle observe Liv pour voir si elle salue ses parents, mais Liv ne daigne même pas leur accorder un regard. Tête haute, raide, elle se dirige vers la porte.

— Je les hais comme c'est pas possible, chuchote Martina quand elles traversent le hall.

— Et moi alors ! répond Liv.

Martina remarque qu'elle a de nouveau les larmes aux yeux.

— Tu regrettes ? chuchote-t-elle.

— Pas le moins du monde, répond Liv d'une voix rauque.

Au moment où la porte se referme derrière elles, Martina sort son portable.

— Vous êtes prêts ? demande-t-elle aux garçons qui se trouvent quelque part sous la maison.

Elle n'entend que leur respiration et des pas furtifs.

— Allô, dit-elle.

— Désolé, ce putain de quad est plus lourd que je ne le pensais. Mais on y est presque, halète-t-il.

— Liv et moi, on fait quoi ? demande Martina.

— Rentrez chez moi. On s'occupe du reste. Posez-vous près de la fenêtre et profitez du spectacle.

12

Le garage sent l'essence et l'humidité. Des odeurs qu'Anton aime depuis toujours. Il a reçu le quad en cadeau pour ses quinze ans. Pour s'en désintéresser six mois plus tard. Il retire la bâche vert olive. Max est impressionné par ce monstre noir.

— Tu te souviens quand on est allés en ville avec ?

Anton rigole.

— Pour acheter des hamburgers, c'est ça ?

Max secoue la tête aussitôt.

— C'étaient des kebabs.

Les filles se trouvent là-haut, quelque part au-dessus de leurs têtes. Dans une maison qui n'existera bientôt plus. Anton ouvre tiroirs et placards à la recherche de chaînes, mais ne trouve que des bouts de cordes provenant du bateau de son père.

— Tu penses que ça pourra faire l'affaire ? demande-t-il en montrant un tas de cordes.

Max s'approche, en attrape une, tire dessus dans tous les sens. Il hoche la tête.

— Oui, ça ira.

Ils choisissent deux longueurs, les posent sur la dalle de béton poussiéreuse, les mesurent à grandes enjambées.

— Presque dix mètres. Ça devrait aller.

Anton prend la clé du quad dans un placard, l'introduit et la tourne – sans lancer le démarreur. Il met au point mort et desserre le frein à main.

Max pose les cordes sur le siège, se cale bien sur ses pieds et pousse à l'arrière. Ils devinent la musique derrière les fenêtres fermées. Europe. *The Final Countdown*. Dans les jardins de l'autre côté du détroit, on commence déjà à fêter le passage à la nouvelle année. Les fusées s'épanouissent dans le ciel, l'illuminent de mille couleurs. Anton observe Max, il grimace sous l'effort. Son front brille de sueur alors que les muscles de ses jambes sont tendus au maximum pour faire bouger le quad. Ils ont décidé de ne démarrer qu'au dernier moment.

Max lève la paume de sa main vers Anton. Ils s'arrêtent. Soufflent.

Côte à côte sous la terrasse, ils observent les piliers en bois qui soutiennent la maison.

— Tu sais lequel est pourri ? demande Max.

— Ils le sont tous, je crois.

Ils s'approchent d'un des piliers, inspectent le bois à la lueur du portable de Max. Friable, poreux. Quand Anton passe un doigt dessus, une écharde s'y enfonce.

— On prend les deux les plus proches.

— Tu penses qu'on peut arracher les deux en même temps ? interroge Anton.

— On va essayer. Prends les cordes, fais gaffe qu'ils ne te voient pas. Ils vont sortir d'un instant à l'autre pour trinquer.

Anton et Max retournent au quad derrière la maison, à l'abri des regards. Ils prennent chacun une corde, la portent jusqu'à la rangée de piliers. Nouent les cordes autour avec des gestes rapides, déterminés. Les déroulent en ramenant les bouts à l'arrière du quad, où ils les attachent au crochet d'attelage. Anton entrevoit la mer qu'illumine un instant une fusée explosant dans un bruit de tonnerre – la mer est d'huile.

Anton voit Max jeter un œil à l'heure sur son téléphone. Il fait un geste des bras.

— Plus qu'une minute, souffle-t-il.

À cet instant même, les baies vitrées de la terrasse s'ouvrent. La musique, retenue par les vitres jusqu'à présent, s'épanche à travers le détroit. Les basses font vibrer les entrailles d'Anton.

— Parfait, mime Max d'un mouvement des lèvres.

Anton ne répond pas.

Il serre les poings en levant le regard vers la terrasse. Il aperçoit les ombres. Rires. Excitation. Il tourne la tête, observe la maison de Max. Là, à l'une des fenêtres il lui semble deviner les silhouettes de Liv et de Martina.

Il fait un signe de la main et reçoit un mouvement rapide en réponse.

Il déglutit.

S'installe sur le siège, pose la main sur la clé.

— Plus que vingt secondes, lance Max. Bonne chance.

Son ami disparaît derrière l'angle de la maison, se dirigeant vers sa propre maison pour ouvrir le garage où ils vont cacher le quad après.

Anton compte à rebours dans sa tête, mais trop lentement. Il en est seulement à quinze quand le ciel s'embrase. Dans la rue, dans les jardins, le long du détroit, les feux d'artifice fusent vers le ciel. Les déflagrations sont assourdissantes. Le sol et la grande maison tremblent.

Aucun risque que qui que ce soit entende le quad dans tout ce vacarme. Il tourne la clé, le moteur rugit mais le bruit est noyé par les festivités. Il enclenche la première, jette un dernier coup d'œil vers la maison et écrase l'accélérateur.

QUATRIÈME PARTIE

13

Liv se tient debout devant la fenêtre, le bras de Martina sur ses épaules. Dehors, dans l'obscurité, se trouvent les garçons, ils courent entre la maison et l'extérieur, portant des cordes, discutant. À la fin elles ne voient plus qu'Anton, au volant du quad. Liv n'a pas vu Max disparaître, elle scrute la nuit noire. Anton garde la tête droite. Elle ne voit pas son visage, mais le devine sombre, déterminé.

Au moment des détonations, Martina pousse un cri. Puis elle se penche en avant jusqu'à presque toucher la vitre du front.

— Qu'est-ce qu'il attend ? chuchote-t-elle, anxieuse, à Liv.

Liv n'a pas le temps de répondre. Le quad est brusquement illuminé comme en plein jour. L'instant d'après il s'ébranle. Liv ouvre grands les yeux.

D'abord rien ne se passe.

Puis, les piliers se mettent à bouger.

L'un après l'autre, ils cassent comme des allumettes.

L'énorme terrasse s'écroule en premier. Tout le reste de la bâtisse suit. S'écrase contre les rochers et glisse dans l'eau glaciale.

Martina hurle. Liv rit.

Quelques minutes plus tard, les garçons arrivent en courant. Ils se précipitent vers la fenêtre et regardent dehors. La maison a disparu, il ne reste plus que des décombres. Les gens qui étaient dedans sont morts ou en train de lutter pour leur survie dans l'eau glacée.

Mais personne ne leur vient en aide.

Quand la police et les secours arrivent, les quatre jeunes courent à leur rencontre. Ils jouent leurs rôles à la perfection. Crient. Pleurent. S'arrachent les cheveux et réclament leurs parents. Mais au fond d'eux-mêmes, ils sont heureux.

Et libres.

REMERCIEMENTS

Tout d'abord, merci à ma famille, comme toujours. Simon, Wille, Meja, Charlie et Polly, sans vous, pas de livres. Vous m'inspirez, vous donnez du sens à ce que je fais.

On entend souvent dire qu'écrire est un travail solitaire, mais pour moi, c'est celui d'une équipe. Beaucoup de personnes autour de moi sont à remercier. Cette équipe, c'est celle de ma maison d'édition Forum, mon éditrice Ebba Östberg, ma rédactrice free-lance Olivia Demant. Tout le monde chez Nordin Agency, en particulier mon agent Joakim Hansson. Merci aussi pour son soutien et son aide importante à Lili Assefa, responsable des relations publiques et manager. Enfin, je tiens à remercier mon ami et brillant collègue Pascal Engman qui, solide comme un roc, a été un partenaire de discussion inestimable dans l'élaboration de cette novella.

TABLE

DU MÊME AUTEUR

Les enquêtes d'Erica Falck

LA PRINCESSE DES GLACES, Actes Sud, 2008 ; Babel noir nº 61.
LE PRÉDICATEUR, Actes Sud, 2009 ; Babel noir nº 85.
LE TAILLEUR DE PIERRE, Actes Sud, 2009 ; Babel noir nº 92.
L'OISEAU DE MAUVAIS AUGURE, Actes Sud, 2010 ; Babel noir nº 111.
L'ENFANT ALLEMAND, Actes Sud, 2011 ; Babel noir nº 121.
LA SIRÈNE, Actes Sud, 2012 ; Babel noir nº 133.
LE GARDIEN DE PHARE, Actes Sud, 2013 ; Babel noir nº 158.
LA FAISEUSE D'ANGES, Actes Sud, 2014 ; Babel noir nº 175.
LE DOMPTEUR DE LIONS, Actes Sud, 2016 ; Babel noir nº 206.
LA SORCIÈRE, Actes Sud, 2017 ; Actes Sud audio (lu par Odile Cohen), 2020 ; Babel noir nº 223.

La vengeance d'une femme est douce et impitoyable

LA CAGE DORÉE, Actes Sud, 2019 ; Actes Sud audio (lu par Odile Cohen), 2019 ; Babel noir nº 259.
DES AILES D'ARGENT, Actes Sud, 2020 ; Actes Sud audio (lu par Odile Cohen), 2020 ; Babel noir nº 280.

L'inspectrice Mina Dabiri et le mentaliste Vincent Walder

LA BOÎTE À MAGIE (avec Henrik Fexeus), Actes Sud, 2022 ; Actes Sud audio (lu par Odile Cohen), 2022.
LE CULTE (avec Henrik Fexeus), Actes Sud, 2023 ; Actes Sud audio (lu par Odile Cohen), 2023.

CYANURE, Actes Sud, 2011 ; Babel noir nº 71.

Novellas

FEMMES SANS MERCI, Actes Sud, 2020 ; Actes Sud audio (lu par Odile Cohen), 2020 ; avec *SANS PASSER PAR LA CASE DÉPART*, Babel noir nº 300.
SANS PASSER PAR LA CASE DÉPART, Actes Sud, 2021 ; avec *FEMMES SANS MERCI*, Babel noir nº 300.

Jeunesse

SUPER-CHARLIE, Actes Sud Junior, 2012.

SUPER-CHARLIE ET LE VOLEUR DE DOUDOU, Actes Sud Junior, 2013.

LES AVENTURES DE SUPER-CHARLIE. MAMIE MYSTÈRE, Actes Sud Junior, 2015.

Cuisine

À TABLE AVEC CAMILLA LÄCKBERG, Actes Sud, 2012.

OUVRAGE RÉALISÉ
PAR L'ATELIER GRAPHIQUE ACTES SUD
REPRODUIT ET ACHEVÉ D'IMPRIMER
EN SEPTEMBRE 2023
PAR NORMANDIE ROTO IMPRESSION S.A.S.
À LONRAI
POUR LE COMPTE DES ÉDITIONS
ACTES SUD
LE MÉJAN
PLACE NINA-BERBEROVA
13200 ARLES

DÉPÔT LÉGAL
1re ÉDITION : OCTOBRE 2023
N° impr. : 2303441
(Imprimé en France)